Lumières et révolutions

Une histoire personnelle
de la France

série placée sous la direction scientifique

de Claude Gauvard

Olivier Coquard

Une histoire personnelle de la France

Lumières et révolutions

1715-1815

Presses Universitaires de France

ISBN 978-2-13-062015-0

Dépôt légal – 1re édition : 2014, janvier

6, avenue Reille, 75014 Paris

Introduction

Un siècle sépare la mort de Louis XIV du second avènement de Louis XVIII. Quand le premier meurt, la France est une monarchie absolue de droit divin, fondée sur une société d'ordres soigneusement définis, une puissance que toute l'Europe admire. En 1815, les plus ardents partisans de Louis XVIII n'ont « rien appris, ni rien oublié », mais la France est occupée par toute l'Europe ; la monarchie n'est plus absolue : le roi doit composer avec des pouvoirs dont la légitimité lui échappe et dont les ordres, malgré toutes les nostalgies, ne sont plus que des souvenirs.

Durant ce siècle, la France a changé d'ère économique : son économie d'« Ancien Régime » dominée par une agriculture largement vivrière, un artisanat corporatiste, un commerce international fondé sur les protections et le monopole, est devenue une économie libérale, fondée sur l'initiative individuelle et le capitalisme, dans un pays où l'agriculture, toujours dominante, est devenue largement commerçante et où l'artisanat, privé des protections ou des carcans corporatistes, doit composer avec une industrie de plus en plus importante. On voudrait ici insister sur le fait que la Révolution a, de ce point de vue, accéléré ce processus de modernisation et en a, sur le plan des structures, permis l'achèvement.

La société française a également été bouleversée en profondeur. Là encore, la Révolution et l'Empire ont achevé des processus que le siècle des Lumières avait entamés. La richesse démographique du XVIIIe siècle, dont la dynamique se ralentit dans les années 1780 et s'arrête ensuite, a favorisé la remise en cause des privilèges traditionnels de la noblesse et du clergé, engendrant une profonde redéfinition des élites sociales : l'enrichissement, la culture deviennent des moyens pour être intégré dans des élites nobiliaires redéfinies jusque sous l'Empire, tandis que le prestige du clergé a considérablement reculé. L'égalité des droits, valeur quasi inexistante au début de la période, devient grâce aux Lumières une des thématiques les plus fortes du combat politique et social, une revendication au nom de laquelle les Français dans leur ensemble entrent en révolution.

Décrire en un petit volume ce siècle rompt avec les découpages chronologiques classiques des manuels d'histoire : nombreux sont ceux qui évoquent le XVIIIe siècle (Daniel Roche, Jean-Pierre Chaline) ; nombreux sont ceux qui traitent ensemble la Révolution et la période napoléonienne (Albert Soboul, Hervé Leuwers) ; nombreux sont ceux qui traitent les deux épisodes séparément (Michel Vovelle pour le premier, Jacques-Olivier Boudon pour le second) ; l'« Ancien Régime », souvent traité, recouvre traditionnellement les XVIIe et XVIIIe siècles (Hubert Méthivier, Lucien Bély), tandis que le « XIXe siècle » (Claire Fredj) ou l'« époque contemporaine » (Serge

Berstein, Pierre Milza) débutent en 1789 ou en 1815 pour s'achever entre 1914 et nos jours. Quelques-uns encore évoquent « l'ère des Révolutions » entre 1770 et 1848 (Jacques Godechot) ; le siècle 1770-1880 a fait l'objet d'un ouvrage intitulé *La Révolution, de Turgot à Jules Ferry* (François Furet). On a choisi ici de briser la frontière – considérée aujourd'hui comme une marche plus que comme une ligne – que représente le début de la Révolution française, parce que les révolutionnaires, les contre-révolutionnaires, les bonapartistes, les idéologues, les philanthropes, sont tous des hommes des Lumières menant en leur nom des combats contradictoires. La Révolution et l'Empire n'ont pas brisé les Lumières : ils en ont changé la couleur et l'éclat.

La Révolution est une réalité profondément vécue ; elle est aussi le résultat d'un long travail, celui de la croissance des Lumières ; elle est encore la conséquence d'une crise profonde du système français. Les hommes qui la font et qui font la France impériale ont tous vécu ce qu'on appelle l'Ancien Régime dès la fin de 1789, mais, dans leur jeunesse, ils ne savaient évidemment pas qu'ils allaient vers cette Révolution ; ils avaient en revanche conscience, plus que leurs aïeux du siècle de Louis XIV, que le bonheur et le progrès étaient possibles et souhaitables. Ils justifient pleinement ce découpage qui rompt quelque peu avec la tradition historiographique.

Le plan retenu tente de mettre en évidence, dans l'unité de ce siècle, la réalité vécue des périodes : quatre parties sont donc relativement chronologiques. Le « grand XVIIIe siècle » est une réalité vécue (I) ; la crise qui s'ouvre à partir des années 1770 l'est tout autant (II) ; la Révolution est ressentie comme telle dès la fin du printemps 1789 (III) ; Napoléon Bonaparte incarne la référence identitaire de la France jusqu'à Waterloo (V). La spécificité de la période révolutionnaire nécessitait une quatrième partie plus thématique (IV) : il fallait démontrer à la fois l'intensité des mutations qu'elle a connues et l'intensité des débats historiques, politiques, culturels qu'elle suscite.

Première partie

Le grand XVIIIe siècle 1715-1763

Introduction

Dès les années 1850, lorsqu'il évoque le « Grand Siècle », Jules Michelet parle non pas du XVIIe siècle, mais du XVIIIe siècle. Il a, à ce moment-là, la certitude que le XVIIe siècle n'a pas été ce siècle éclairé par le Roi-Soleil, mais bien un siècle de misère, celui qui est dénoncé par La Bruyère lorsqu'il décrit les paysans comme des animaux noirs entrant dans leurs tanières la nuit.

Le temps des Lumières, le XVIIIe siècle, commence donc, selon la tradition, lorsque l'Europe apprend que le Grand Roi est mort, en 1715. Pour toute l'Europe, c'est clair, le Grand Roi ne peut être que Louis XIV. Et on peut considérer que, de 1715 à 1763, les Français dans leur ensemble ont eu le sentiment de vivre une époque réellement inouïe, c'est-à-dire qu'aucun d'entre eux n'avait jamais entendu parler d'une période durant laquelle les récoltes seraient bonnes, les guerres seraient absentes, les villes seraient prospères et, dans l'intérieur des maisons, depuis celles des paysans jusque dans l'intérieur des palais, des pièces nouvelles apparaîtraient pour accompagner les changements de comportements et de mentalités.

Cette recherche sur le temps des Lumières est venue confirmer les intuitions de Jules Michelet et s'est considérablement développée depuis les années 1860 et 1890. Pour résumer le propos qui va suivre, c'est une période qui est marquée par la durée d'une croissance économique très importante, par l'ampleur de cette croissance et par la conscience qu'ont les contemporains de vivre ce temps étrange, nouveau, au cours duquel ils semblent prendre conscience que, peut-être, la vie ne serait pas qu'une vallée de larmes – ce qui change considérablement la perspective quant à la façon de la mener.

Il y a donc, au cours de ce grand premier XVIIIe siècle, une modification en profondeur des mentalités. Cette modification profonde, on a l'habitude de la désigner sous le terme de « Temps des Lumières », la particularité française en étant la pluralité. Pour les Anglais, c'est l'*Enlightment*, au singulier. Pour les Allemands, c'est l'*Aufklärung*, au singulier ; pour les Italiens, c'est l'*Illuminismo*, au singulier. La France est le seul pays dans lequel la pluralité des Lumières témoigne de la diversité à la fois des domaines dans lesquels ce phénomène s'exprime et des positions politiques, philosophiques et éthiques que cette terminologie recouvre.

Chapitre I

Un temps de croissance

I – Croissance démographique

Un temps de croissance, donc, qui est d'abord marqué par une explosion démographique. Les chiffres sont incertains. Avant que ne soient tenus très régulièrement les registres d'état civil, comme cela sera le cas à partir de la Révolution française dans le cadre des communes, c'est assez difficile d'avoir des chiffres précis dans la durée. Néanmoins, le XVIIIe siècle a vu la naissance de la science statistique et des préoccupations démographiques à la fin du siècle – l'œuvre de Malthus en Angleterre est là pour nous le rappeler.

Au début du XVIIIe siècle, Vauban, l'un des très grands ministres du vieux roi Louis XIV, propose un projet de réforme fiscale dans lequel il établit une sorte de premier sondage, une sorte de premier recensement qui lui permet d'estimer à peu près à 20 millions le nombre de sujets du roi de France. Cette estimation est suffisamment exacte pour avoir été confirmée par les travaux des démographes les plus récents – démographes dont, en quelque sorte, le maître, le père spirituel, est bien sûr Pierre Goubert.

Ce chiffre de 20 millions était le même au début du XVIIe siècle, durant lequel il n'y a donc pratiquement pas eu de croissance démographique en France. Ce n'est pas le cas du siècle suivant : si au début du XVIIIe siècle les estimations tournent autour de 20 millions d'habitants, elles atteignent 28 millions à la fin du siècle. Autrement dit, on a fait croître de plus d'un tiers la population française ; un peu comme si, d'un seul coup, de nos jours, la population parisienne passait de 2 millions à 2 800 000 habitants.

Cette explosion démographique renvoie à une célèbre mythologie française qui fait la fierté des Français. Au XVIe siècle, ils étaient contents de célébrer ce qu'ils appelaient « la copiosité du populaire » ; en effet, l'idée de ces enfants qui s'égayent partout dans les villes et les campagnes est une idée très présente dans la littérature et la peinture. Il faut ainsi se souvenir des tableaux de Jean-Baptiste Greuze montrant des familles se réunissant, et des enfants se pressant autour des parents qui les aiment.

2 – De nouveaux comportements démographiques

Et si ces parents commencent à aimer leurs enfants – on se souvient que Jean-Jacques Rousseau écrit *L'Émile* justement parce que cette préoccupation pédagogique existe –, c'est que les comportements démographiques ont commencé à changer. Ces comportements démographiques sont l'ensemble des comportements qui ont bien sûr trait à la naissance, mais aussi à la maladie et, enfin, à la mort. C'est ce dernier point qui, au XVIIIe siècle, semble changer.

La naissance, elle, reste, au moins pour la première moitié du XVIIIe siècle, marquée par la difficulté, la douleur et une forte mortalité des femmes en couches, des nourrissons et des enfants. Cela parce que les structures médicales ne changent pas fondamentalement ; cela parce que les pratiques gynécologiques et les pratiques d'obstétrique n'ont pas été modifiées en profondeur ; cela parce que le rapport à cette naissance reste sensiblement le même, confiné dans l'espace privé, régulé par des instances religieuses, magiques, qui ne correspondent pas encore à nos normes médicales d'aujourd'hui. Ce n'est donc pas du côté de la naissance qu'il faut voir la modification démographique expliquant la croissance ; le taux de natalité reste aux alentours de trente pour mille, si l'on veut utiliser des chiffres très globaux.

C'est du côté de la morbidité, donc du nombre des malades, et du côté du taux de mortalité, que les choses évoluent. Globalement, l'espérance de vie passe d'à peu près vingt-sept ou vingt-huit ans au début du siècle à trente-quatre ou trente-cinq ans à la fin du siècle. On a donc gagné en vie presque dix ans, ce qui est considérable. Pour simplifier, au début du siècle, sur cinq enfants qui naissent, un seul atteint l'âge de vingt ans. Autrement dit, lorsqu'on fait des enfants, on sait qu'ils vont mourir – de fait, les registres paroissiaux, qui sont nos sources statistiques essentielles, sont de véritables listes de jeunes morts. Des morts qu'on est parfois obligé d'ondoyer, c'est-à-dire de baptiser *post mortem* pour éviter à de toutes petites âmes de deux ou trois jours d'aller errer pour l'éternité dans les limbes. Or, à la fin du siècle, sur cinq enfants nés, deux et demi peuvent atteindre l'âge de vingt ans. Ils ont survécu aux maladies, ils ont surmonté les accidents. Pas tous : je pense au petit Braille, Louis Braille qui, jouant dans l'atelier de son grand-père, se crève les yeux avec des clous rouillés. Il y perd la vue ; on y gagne l'inventeur de l'alphabet pour aveugles.

Les accidents restent donc bien sûr présents, les risques restent bien sûr présents, mais les mortalités juvénile et infantile diminuent parce que la résistance aux maladies s'accroît, parce que, globalement, les enfants mangent mieux, mangent plus, mangent moins d'aliments faisandés ou mal cuits, moins de blé mal germé ou pourri et plus de viande. On a des images d'accordées villageoises ou des tableaux de Chardin qui nous montrent une espèce de profusion alimentaire, semblant entrer dans la logique des comportements.

Le XVIIIe siècle est probablement le siècle où se fixe de façon durable ce que l'on appelle le folklore : dans les campagnes françaises, on commence à voir des vêtements de luxe diffusés auprès des ruraux, qui ont donc des sous à dépenser pour autre chose que survivre.

Cette explosion démographique, qui fait que les jeunes gens et les jeunes filles sont en meilleure santé, entretient d'ailleurs pour la même raison la croissance de la natalité. Elle déploie également dans l'espace une redistribution humaine qui alimente les villes. Bordeaux, Nantes et Marseille voient leur population multipliée au cours du siècle par deux ou par trois. Certaines villes sont transformées par des actions privées ou publiques – on pense aux actions réalisées dans l'intendance du Limousin par un intendant promis à un bel avenir, Turgot, aux aménagements de Lyon, ou aux aménagements des quais de Bordeaux où interviennent respectivement des initiatives publiques et privées. Bref, on assiste à une explosion urbaine qui absorbe une bonne partie de cette croissance démographique, ce qui témoigne de deux choses :

– d'abord le fait que les surplus de production agricole peuvent approvisionner les villes. Il y a de quoi nourrir des gens qui ne produisent pas de blé ;
– ensuite que les campagnes ne souffrent pas de surpopulation. On n'assiste pas aux phénomènes du monde plein qui avait été à l'origine des éclatements de crise du XVIIe siècle en particulier.

3 – Un nouveau rapport à la mort

Ces comportements démographiques changent donc le rapport à la vie. Ils changent également le rapport à la mort.

De façon un peu caricaturale, bien sûr, la mort est quelque chose d'absolument habituel au XVIIe siècle.

Dans les églises, on laisse les morts jusqu'à ce qu'on leur ait trouvé une place pas trop loin de l'autel. On rappelle qu'en 1693-1694, probablement plus de 10 % de la population meurt de faim et de froid dans l'hiver, de la même façon en 1709-1710. Il est impossible de connaître au XVIIe siècle des gens qui n'ont pas eu un contact direct avec la mort. L'hébergement de la mort est d'ailleurs quelque chose de suffisamment important pour que tous les hommes du XVIIIe siècle soient convaincus qu'il faut faire autrement avec les cadavres ; autrement que de les mettre à proximité de l'église, autrement que de les mettre au milieu de la ville. Il faut les éloigner.

Cette présence constante de la mort semble donc s'atténuer. D'abord, un certain nombre de causes de mortalité disparaissent, et c'est le cas de la plus célèbre d'entre elles, la peste. La dernière grande peste, elle, a été admirablement décrite par Marcel Pagnol dans *Le Temps des amours* : c'est la peste marseillaise de 1720. Elle est extrêmement cruelle, peut-être 20 à 30 % de la population de la ville décimée, mais c'est le dernier phénomène de cet ordre. Ensuite la peste disparaît et, jusqu'à nos jours, on ne la retrouve plus en France. Certes, il reste des épidémies : la variole qu'on appelle la petite vérole ; le choléra ; dans le sud de la France, le paludisme sévit ; certes, il reste des maladies qui peuvent être éventuellement des maladies honteuses comme la syphilis, qui fait des ravages, au moins dans les représentations qu'en donnent les contemporains. Mais incontestablement, un certain nombre de causes de mortalité reculent. On meurt moins de la peste, on meurt moins de la petite vérole, même avant que la vaccination se développe à la fin du siècle ; on commence à pouvoir survivre aux grippes et aux maladies infantiles. Tout cela fait que l'homme a l'impression qu'il peut lutter contre la maladie, qu'il peut échapper à la mort.

On a un peu le sentiment que le XVIIIe siècle a vu croître, en même temps que le sentiment de la beauté de la vie, l'idée de la peur de la mort, qui était une idée relativement lointaine, au moins dans les représentations littéraires qu'on peut utiliser.

4 – Le décollage économique

Comme on le voit, avec les productions de blé et la croissance des villes, c'est le décollage économique qui semble être l'arrière-plan expliquant cette formidable croissance qui se traduit par une explosion démographique, urbaine et juvénile de la France du XVIIIe siècle. Ce décollage économique a fait l'objet de très nombreux débats. Pour certains historiens, la France avançait au même rythme que l'Angleterre et connaissait dès le XVIIIe siècle ce qu'on appelle aujourd'hui la révolution industrielle. Pour d'autres, les structures n'étaient pas là, les systèmes de production n'étaient pas encore en place et la France restait encore soumise à une économie d'Ancien Régime.

Quoi qu'il en soit, le XVIIIe siècle a incontestablement connu une croissance des productions agricoles, une croissance des productions artisanales, manufacturières et industrielles, et un développement du commerce.

Comment les gens vivent-ils ces évolutions ? De façon très claire, en décorant de plus en plus leurs intérieurs, par exemple. Dans les inventaires après décès qui ont pu être étudiés en Normandie ou en Bourgogne, donc des inventaires après décès qui font la liste de tout ce qu'il y a, *grosso modo*, chez des paysans riches, on voit apparaître des assiettes décoratives, des vaisseliers, des gravures et même des livres, des romans. Il y a donc des paysans parvenus, des réussites industrielles et personnelles. On assiste durant ce XVIIIe siècle à la prise de conscience qu'en effet, d'une part, on peut s'enrichir – et ça, ce n'est pas une conscience négative – et que, d'autre part, s'enrichir, réussir, n'est plus marqué par une sorte de malédiction héritée du sentiment chrétien. La richesse n'est plus mauvaise en soi. Alors qu'Henri IV s'en voulait d'avoir dû épouser celle qu'il appelait disgracieusement « la grosse banquière », Marie de Médicis, épouser un gros sac d'or ne fait plus peur, ne fait plus débat dans la société aristocratique. La conscience du décollage économique s'installe donc d'un bout à l'autre de l'échelle sociale durant ce XVIIIe siècle.

Département par département, les productivités agricoles augmentent considérablement. On commence à calculer à la fin du siècle les rendements à l'acre, soit environ 2 500 m^2 ; or, au début du siècle, on calcule les rendements à l'épi ou au grain. Le rendement est alors de quatre grains récoltés pour un grain semé quand on est dans une région où les rendements sont moyens, il peut monter à six ou sept pour un lorsqu'on est en Île-de-France, puis descendre à trois pour un dans le Ségala (qui tire d'ailleurs son nom du seigle, peu exigeant), dans le Massif central ou dans des régions où l'on ne peut que récolter des céréales à faible rentabilité.

À la fin du siècle, ceux que l'on appelle les physiocrates, qui réfléchissent à la richesse agricole et à sa circulation, se sentent obligés de calculer en quintaux à l'acre. Cela signifie qu'on a changé de perspective dans l'approche statistique des productions, qui sont appréhendées comme un phénomène global et non plus comme un phénomène individuel, et que l'entretien de ces productions nécessite autre chose que la gestion au jour le jour par un seul meunier et un unique grenier, ainsi qu'une réflexion de type macroéconomique.

Cette croissance des productions agricoles permet de comprendre la raison pour laquelle il n'y a pas eu de famine ni de disette grave de 1720 à 1770, cinquante années durant lesquelles les Français, dans leur majorité, ne se préoccupent pas de ce qu'ils mangeront le lendemain.

Cette croissance de la production agricole est très sensible dans le domaine céréalier. Elle l'est également dans le domaine de la viticulture, par exemple, puisque l'on voit se développer le commerce du vin, en particulier dans la région bordelaise où les relations avec l'Angleterre sont traditionnelles, mais aussi dans la région bourguignonne et même dans un certain nombre de régions où le vignoble retrouve de l'importance ; c'est le cas du Comtat Venaissin, où les vignobles du Châteauneuf-du-Pape connaissent une nouvelle intensité. Pour en finir avec ce développement de la consommation d'un vin d'achat, rappelons ici que les importations de vin se sont considérablement développées en France au XVIIIe siècle, puisque l'on voit arriver sur le territoire des vins venus à très grand coût depuis la Hongrie, dont le Tokay, qui fait partie des boissons de la cour de Versailles ou de Paris.

Le décollage économique est donc aussi vrai pour l'agriculture de production de masse que pour des agricultures spéculatives, sachant que le tabac se développe, ainsi que le chanvre en Bretagne, sachant aussi que de très nombreuses cultures expérimentales, industrielles, se trouvent dopées par cette croissance du XVIIIe siècle.

5 – De nouveaux équipements et matériaux

Ce décollage économique qui concerne l'agriculture concerne évidemment les agriculteurs eux-mêmes, qui sont de mieux en mieux équipés, en particulier en fer. Le fer est un matériel rare, qui reste cher et que l'on se transmet donc de génération en génération au cours du XVIIe siècle. Au XVIIIe siècle, il devient un matériau beaucoup plus fréquent, voire courant, ce qui nous amène à évoquer le développement d'un autre aspect de l'économie : les industries et les manufactures.

Pour utiliser des catégories certes anachroniques, mais pratiques si l'on prend le soin de les contextualiser, évoquons dans un premier temps l'industrie qui produit des matières premières, donc ce que l'on appellerait aujourd'hui l'industrie lourde. Le premier XVIIIe siècle a vu la mutation des industries des métaux s'accélérer avec l'amélioration des techniques de production de l'acier, en Angleterre comme en France, et avec le décollage d'une sidérurgie liée à des extractions minières et plus seulement au charbon de bois. Ainsi, au début du XVIIIe siècle, l'une des grandes régions de la sidérurgie était la Normandie ; l'acier était produit en Normandie parce qu'il y avait là-bas des forêts, que dans les forêts on fait du charbon et qu'avec le charbon on peut traiter le fer. Or, cette production très importante des forêts normandes est concurrencée dès les années 1720-1730 par des productions installées en Lorraine et dans le Massif central, où à la fin du siècle on voit apparaître les grandes entreprises du Creusot ou de cette ville dont le nom à lui tout seul est un programme : La Machine.

Ce décollage économique concerne donc des productions très importantes, puisqu'avec l'acier, par exemple, on améliore l'armement en permettant des canons beaucoup plus performants, on renforce les bâtiments, on développe le transport – à la fin du siècle, apparaissent les premiers rails qui accélèrent et qui facilitent considérablement le transport des objets lourds.

Ce décollage économique, qui concerne donc l'agriculture et les industries lourdes, concerne de façon encore plus spectaculaire et visible ce que l'on appelle aujourd'hui, toujours de façon un peu anachronique, les industries de consommation. Le XVIIIe siècle est évidemment le grand siècle de l'industrie et du meuble, avec la famille Boulle notamment, qui a donné son nom à la plus célèbre école d'ébénisterie française et qui à ce moment-là connaît ses principales commandes, destinées à approvisionner les cours de Versailles et les grands salons parisiens.

Cet artisanat est un artisanat de très grande qualité. Il concerne à la fois le mobilier, mais également le textile, dont on voit apparaître de nouveaux usages, puisque, dès les années 1750, un nouveau matériau intervient dans la fabrication des tissus, c'est le coton. Ce dernier témoigne d'un autre aspect de ce décollage économique, qui est évidemment le développement du grand commerce.

6 – La présence française à l'étranger

Ce grand commerce se fait bien sûr en premier lieu avec les colonies, sous le système que l'on appelle le système du monopole et plus précisément des compagnies à monopole : Compagnie des Indes orientales, Compagnie des Indes occidentales, Compagnie des Indes – tout court –, Compagnie du Levant, Compagnie du Ponant ; il existe toute une série de compagnies, la première ayant été créée par Richelieu sous le très joli nom de « Compagnie de la Nacelle de saint Pierre fleurdelisée ».

Il s'agit d'entreprises qui sont des sociétés par actions, dont le roi est caution et auquel le roi garantit le monopole des échanges sur une zone donnée. Pour la Compagnie des Indes occidentales, par exemple, c'est avec la zone des Antilles qu'elle a le monopole des échanges commerciaux ; autrement dit, tous les bateaux qui partent aux Antilles pour commercer, tous les bateaux qui partent des Antilles pour rapporter des produits en France, doivent le faire après avoir versé leur obole à cette compagnie. Les revenus de ces compagnies peuvent être énormes et donnent lieu à des manipulations financières très importantes, ce qui signifie que l'investissement spéculatif se dote au XVIIIe siècle d'instruments de plus en plus raffinés. Louis XIV avait déjà multiplié les chambres de commerce dans l'ensemble des villes du royaume – à Lille, Bordeaux, etc. Et évidemment, cette multiplication des instruments du commerce fait partie du grand décollage économique. Au tout début du siècle, une pièce de Lesage met ainsi en scène un financier absolument épouvantable du nom de Turcaret. Elle témoigne de la conscience qu'ont, dès le début du siècle des Lumières, les auteurs et gens de lettres que la relation entre le monde de la finance et la société aristocratique est en profonde mutation. Les mécanismes qui sont décrits dans le *Turcaret* de Lesage sont des mécanismes d'une très grande modernité, si on les compare avec ceux décrits par Shakespeare dans *Le Marchand de Venise*, ou par Ben Johnson dans *Volpone*.

L'ampleur du développement économique du grand commerce est donc étroitement liée à l'étendue du domaine colonial français. La France possède des colonies en Amérique du Nord : la Louisiane, la Belle Province (le Canada) ; elle possède des colonies en Amérique centrale avec l'ensemble antillais ; elle possède des colonies très importantes en Inde, où l'empire français est en concurrence avec l'empire anglais ; elle possède enfin un certain nombre de comptoirs au Sénégal. La présence française est d'ailleurs une présence à laquelle le pouvoir monarchique apporte son soutien, encourageant les voyages des grandes découvertes jusqu'à la fin du siècle, puisque l'une des dernières questions posées par Louis XVI au moment où il monte sur l'échafaud consiste à savoir « si l'on a des nouvelles de Monsieur de Lapérouse ».

Cette présence française dans le monde est ainsi l'animatrice d'un développement commercial que l'on mesure très facilement en regardant l'essor des grands ports français, à commencer par Bordeaux, Nantes, Marseille, mais aussi La Rochelle ou Rochefort.

7 – Une évolution du paysage français

Ce décollage économique, qui concerne l'agriculture, les grandes industries, la finance, se traduit par une évolution considérable du paysage français, avec des villes dont les murailles achèvent de s'effondrer ; partout, on détruit des remparts devenus plus contraignants qu'utiles. À Paris, par exemple, l'aménagement des boulevards se fait sur la ligne des anciens remparts de l'enceinte de Charles V ; et c'est vrai dans l'ensemble des villes : on détruit les murs à la fois pour que la circulation économique puisse se faire plus facilement et parce qu'on ne craint pas la guerre.

On développe le réseau routier ; l'une des grandes œuvres de l'intendant Turgot a été l'installation de lignes de transport fixes entre Limoges et Paris, les Turgotines, ces diligences qui assurent, un peu comme le fait au XIXe siècle le *Pony Express* aux États-Unis, une sorte de circulation constante entre Paris et la province. On voit d'ailleurs, à travers un certain nombre d'œuvres littéraires, comment cette présence, ces échanges entre la campagne et la ville, entre la capitale et sa province, se ressentent à tous les niveaux. Dans beaucoup de pièces de Marivaux, ce n'est pas du tout un hasard si les valets s'appellent « Limousin » ou « Bourguignon » ; c'est parce qu'en effet, on a ces échanges constants entre la campagne et la ville, qui témoignent bien sûr le plus souvent du décollage économique, mais dont il faut bien dire qu'ils témoignent aussi parfois de la permanence de détresses héritées de l'Ancien Régime. Je pense à cette tragédie démographique, qui a été dans la région lyonnaise ce qu'on a appelé le phénomène des « mises en nourrice » : les jeunes ouvriers et domestiques qui enfantaient dans le péché se débarrassaient de leurs enfants en les mettant dans les guichets des églises – qu'il faut concrètement se représenter comme les guichets de nos postes. Ce dispositif existait donc aux portes des églises et permettait ainsi de se débarrasser de l'enfant du péché. Le prêtre qui était là récupérait un « paquet d'enfants » – il n'y a pas d'autre terme –, attendait d'en avoir assez, un certain nombre d'entre eux mourraient au passage d'avoir été nourris avec un simple chiffon imbibé de lait. Une fois qu'une charrette pouvait être remplie, on les emmenait dans un village où on les confiait à une nourrice, chaque nourrice étant très mal payée pour ce service, qui était chargée de nourrir plusieurs enfants. Alors, elle s'occupait en priorité des enfants des bourgeois qui, eux, payaient bien. Quant à ces petits êtres, abandonnés par leurs parents, laissés quasi pour morts dans leurs bras, l'immense majorité d'entre eux décédaient évidemment fort vite. Quand je parle là d'une tragédie démographique, je veux dire que le différentiel se lit sur la pyramide des âges lyonnaise du XVIIIe siècle ; la mortalité liée aux mises en nourrice est une réalité démographique d'une brutalité qui, pour des gens du XXe siècle, est extrêmement choquante.

8 – Une prospérité partagée

La prospérité, elle, est partagée, bien que de façon, on le voit avec cet exemple des mises en nourrice, très différenciée selon les strates de la société. Pour faire un tableau rapide de cette société du premier XVIIIe siècle, il faut la penser comme elle se voit encore elle-même, c'est-à-dire selon la division en trois ordres :

- le clergé, le plus important, regroupe à peu près quatre à cinq cent mille personnes entre le clergé régulier, qui vit cloîtré dans les monastères, et le clergé séculier, qui vit « dans le siècle » ;
- la noblesse, en dessous du clergé, s'identifie encore, notamment à la fin du siècle, à une noblesse de sang, alors qu'en réalité la plupart de ses membres ont été élevés grâce à des fonctions d'État ;
- le troisième ordre, c'est ce qui reste, c'est le tiers état.

Cette représentation d'essence religieuse, qui a encore une efficacité politique et culturelle, doit évidemment être nuancée parce qu'à elle se juxtapose une autre représentation, qui elle est un clivage d'ordre socio-économique.

La société française est donc composée d'une immense majorité de gens pauvres, majorité relative mais réelle, c'est-à-dire que leur logement est incertain. On pense en particulier à ces très nombreux journaliers qui peuplent les campagnes. Étudiés par Emmanuel Leroy-Ladurie pour le Languedoc et par François Lebrun pour la région angevine, ainsi que par une série de travaux et de monographies régionales, ces journaliers ne disposent qu'à peine de leur logement et, comme force de travail, pour reprendre une catégorie un peu marxiste, que de leurs bras. Au-dessus des saisonniers se place un nombre assez considérable d'individus qui possèdent soit le bail emphytéotique, et donc transmissible, leur permettant d'être quasi propriétaires de leur exploitation agricole, soit leur propre logement. Ces possesseurs vont être appelés dans les campagnes les « laboureurs », car ce sont eux qui disposent d'un train de charrue. Ils peuvent ainsi louer ce train de charrue à tous ceux qui n'en ont pas, ce qui leur donne un poids. On les appelle aussi les « coqs de village » et votre serviteur leur doit son nom de famille, les « coquards ». Ils sont souvent très mal vus.

Ces laboureurs sont en quelque sorte la bourgeoisie des campagnes, et lorsque je dis « bourgeoisie des campagnes », c'est que beaucoup d'entre eux sont en même temps propriétaires en ville et membres des élites urbaines ; c'est par exemple le cas de Lavoisier et d'un certain nombre de propriétaires toulousains qui possèdent des vignobles autour de la ville.

Ce qui nous amène à évoquer, au-dessus, les élites urbaines, dans lesquelles le mélange culturel se fait de façon très sensible entre les aristocrates et ceux que l'on appelle les bourgeois. Ces bourgeois disposent d'un vrai pouvoir politique en ville, avec la possibilité d'administrer la ville aux titres de consul, d'échevin, de capitoul, de jurat ; vous avez une nomenclature très importante des édiles municipaux et cette présence politique des élites urbaines se fait à travers des structures qui peuvent être des structures professionnelles comme des structures plus strictement sociales. Elles doivent donc se reconnaître et se montrer, car l'appartenance à une élite, quelle qu'elle soit au XVIIIe siècle, se fait par l'intermédiaire d'une démonstration de sa prospérité. Daniel Roche a très bien montré comment le vêtement était ainsi véritablement le signe d'une appartenance sociale. Il évoque une culture des apparences permettant de comprendre pourquoi le XVIIIe siècle a vu se multiplier à la fois les techniques et les matières premières de l'industrie textile. C'est à ce moment-là qu'apparaît la mode des robes et des coiffures, l'art du maquillage. L'art de la mouche a ainsi fait l'objet récemment d'une filmographie importante, la mouche étant cette petite pastille de maquillage qui permet de mettre en évidence la blancheur du teint.

Ces élites se reconnaissent donc entre elles, non seulement dans le partage des formules vestimentaires, mais aussi dans celui des formules d'habitat avec les grands hôtels du XVIIIe siècle, en ville, fréquemment associés à une demeure dite « de maître » à la campagne ; dans le grand appartement en ville commencent à apparaître des éléments de confort qui semblaient avoir disparu depuis l'époque romaine : l'eau courante, notamment.

Cela étant, ce sont des demeures dont la prospérité se mesure d'abord à la présence du bois et, surtout, à l'ouverture. Les baies sont de plus en plus importantes dans une période où on commence à savoir faire de façon quantitativement importante du verre transparent, lisse et plat ; ce qu'on appelle aujourd'hui du carreau. C'est un produit qui témoigne au XVIIIe siècle d'une grande richesse et, aujourd'hui encore, les hôtels du XVIIIe siècle sont remarquables par leurs immenses fenêtres. Cela pose la question du chauffage et, donc, à ces immenses fenêtres sont associés à l'intérieur et à l'extérieur d'immenses volets, pliants, dépliants, pour éviter que le froid ne rentre.

Chapitre II

Le bonheur et l'énergie

I – L'idée du bonheur

On le voit, le temps de croissance a permis une prospérité relativement partagée qui se manifeste à tous les niveaux de la population, s'accompagnant d'un allongement de la vie, d'un certain bien-être dans la nourriture, d'une amélioration de l'habitat. La conscience de cette prospérité, donc, a correspondu avec le développement de ce que l'historien de la littérature Robert Mausi appelait « l'idée de bonheur au XVIIIe siècle ». C'est le deuxième temps de cet examen du beau grand XVIIIe siècle, le siècle du bonheur et de l'énergie.

La présence de cette idée de bonheur, je ne la connais nulle part mieux évoquée que dans ce texte extrait du *Neveu de Rameau* (1761) de Denis Diderot :

> Ils ne connaissent du bonheur que la partie qui s'émousse le plus vite. Je ne méprise pas les plaisirs des sens, j'ai un palais aussi et il est flatté d'un mets délicat ou d'un vin délicieux. J'ai un cœur et des yeux et j'aime à voir une jolie femme, j'aime à sentir sous ma main la fermeté et la rondeur de sa gorge, à presser ses lèvres des miennes, à puiser la volupté dans ses regards et à en expirer entre ses bras. Quelquefois, avec mes amis, une partie de débauche

> même un peu tumultueuse ne me déplaît pas, mais je ne vous le dissimulerai pas, il m'est infiniment plus doux encore d'avoir secouru le malheureux, d'avoir terminé une affaire épineuse, donné un conseil salutaire, fait une lecture agréable, une promenade avec un homme ou une femme chers à mon cœur, passé quelques heures instructives avec mes enfants, écrit une bonne page, rempli les devoirs de mon état, dit à celle que j'aime quelque chose tendre et doux qui amène ses bras autour de mon col.

On voit dans ce texte l'ensemble des aspects de ce bonheur, qui est à la fois un bonheur domestique, un bonheur sensuel, un bonheur professionnel et un bonheur social.

Cette paix intérieure peut avoir différents aspects : un aspect très fugace, celui des parties fines auxquelles le narrateur du *Neveu de Rameau* n'hésite pas à participer ; puis celui de cette importance de la famille que l'on trouve chez l'ami de Diderot, Greuze, notamment dans ses tableaux célébrant la famille, ce qu'on appelle « le drame bourgeois ».

2 – Une rupture dans le rapport à la religion

Le bonheur est d'ailleurs une valeur présente qui marque une très grande rupture dans le rapport à la religion. Et c'est un point sur lequel il faut insister. Chercher le bonheur sur terre, c'est effectivement admettre que le seul bonheur n'est pas celui qu'offre aux croyants l'espoir du paradis ; chercher le bonheur sur terre, c'est avoir mis en œuvre l'idée d'une sorte de concurrence terrestre au paradis céleste. On comprend bien que pour tous ces gens, qui sont tous baptisés – presque tous dans le rite catholique –, qui tous sont nés dans la crainte de Dieu, la remise en cause est extrêmement profonde. Ces remises en question de l'idée selon laquelle la vie est une vallée de larmes, de l'idée selon laquelle Dieu a infligé une punition éternelle à Adam et Ève pour le péché originel, que les hommes paient lorsqu'ils travaillent, croissent et se multiplient, que les femmes enfantent dans la douleur et que, inlassablement, Caïn et Abel sont fratricides. Tout cela est remis en cause à partir du XVIe siècle et de façon décisive au XVIIIe siècle. D'abord parce que les interrogations religieuses n'ont pas été éteintes par la répression. Au XVIIIe siècle, malgré le fait que Port-Royal des Champs ait été rasée, on continue à voir des jansénistes qui, au fin fond du Massif central, à la Chaise-Dieu, comme le prédicateur Jean Soanen, viennent développer l'idée selon laquelle la capacité de l'homme à influer sur son propre salut est extrêmement limitée. Il y a bien sûr encore des protestants alors qu'en 1685, Louis XIV a révoqué l'édit de Nantes, montrant ainsi au monde qu'il avait vaincu définitivement l'hérésie. En réalité, dans le même temps, il tolère des protestants à Paris puisqu'il donne des sauf-conduits aux ébénistes venus d'Allemagne, comme les Jacob, qui lui fournissent des meubles raffinés pour Versailles ; à la même époque toujours, il a à Versailles, auprès de lui, l'un de ses principaux financiers, Samuel Bernard, qui est tout à fait, incontestablement, complètement protestant. En dépit donc de l'apparente victoire du catholicisme à la fin du XVIIe siècle, les interrogations nées des réflexions des XVIe et XVIIe siècles demeurent.

Il y a plus encore que ces interrogations. En effet, au XVIIe siècle, ce que l'on appelle le libertinage érudit, depuis Théophile de Viau jusqu'à Cyrano de Bergerac, a été la résurrection d'une vieille pensée d'origine grecque, le matérialisme. Ce matérialisme, ce refus de croire en Dieu ou cette remise en cause d'une transcendance de type dogmatique, se développent au XVIIIe siècle à mesure que la nécessité d'avoir recours à l'Église pour trouver la paix s'efface. Le bonheur est une valeur présente parce que l'utilité de l'Église dans la régulation sociale s'estompe progressivement.

Bien sûr, il reste des convulsionnaires à Saint-Médard qui témoignent de la permanence des vieilles pratiques autant que de l'influence des pensées jansénistes, mais on sait que la permanence des vieilles pratiques n'a que très peu de rapports avec les mouvements profonds de la société. La sorcellerie, par exemple, a perduré dans le Berry jusqu'au XIXe siècle, et perdure probablement encore. Donc, le fait que des comportements traditionnels demeurent n'empêche pas que, globalement, on adopte concrètement et théoriquement une série de réflexions et de pratiques qui témoignent d'une volonté comme d'une recherche effective du bonheur ; et de cette recherche découle, naturellement, une dénonciation accentuée des malheurs, y compris des malheurs sociaux. Après tout, la revendication presque féministe, voire féministe, évoquée par Marivaux puis, surtout, par Beaumarchais à la fin du siècle dans *Le Mariage de Figaro* (dans des passages censurés où Marcelline revendique ses droits), n'est pas éloignée de cette remise en cause des cadres mentaux que l'Église avait imposés pendant si longtemps et qui en faisaient la seule dispensatrice d'un bonheur possible, par l'intermédiaire du Salut.

Alors, ce bonheur, qui se diffuse tant par l'imprimé que par la conversation, la pratique, la consommation, est une valeur présente, et qui reste pourtant extrêmement contrôlée. Le roi reste sacré, oint de droit divin. Lors de son couronnement, il reçoit un anneau qui fait de lui un quasi-évêque et qui fait que, lorsqu'il touche les écrouelles, une sorte de maladie de peau tout à fait repoussante – Louis XVI, d'ailleurs, ne l'a pas supporté –, un prêtre à côté affirme : « Le roi te touche, Dieu te guérisse. » Il affirme et il croit. Depuis le XVIe siècle toutefois, une certaine prudence procède à cette cérémonie du toucher des écrouelles, puisque jusqu'à François Ier, on disait : « Le roi te touche, Dieu te guérit. » Sans cesser de croire, on réalise donc bien que, parfois, ça ne fonctionne pas.

Quoi qu'il en soit, cette idée d'un roi thaumaturge, d'un roi sacré, qui a reçu l'onction par le saint chrême, l'huile sainte apportée par la colombe de l'Esprit saint à Clovis, montre à quel point la puissance politique de l'Église reste importante.

Il faut donc passer par des structures nouvelles.

3 – Des structures nouvelles

Et ces structures nouvelles, au XVIIIe siècle, se sont multipliées.

Les premières structures sont celles que la monarchie, dont l'une des forces est de bien comprendre la société, a créées ou développées. C'est le cas, par exemple, des académies. En effet, le même Louis XIV, oint, sacré, Roi-Soleil, révocateur de l'édit de Nantes, laisse se développer dans son royaume des académies, dans lesquelles des gens bien élevés, très cultivés, ou ce que l'on appelle au XVIIe siècle des « honnêtes gens », se rassemblent pour discuter de lettres, d'art, de philosophie et de sciences. Ces académies se multiplient au XVIIIe siècle comme des petits pains : à Dijon, à Grenoble, à Lyon, à Nantes, à Rouen, à Limoges, même dans les villes de taille plus réduite, ou dans celles dont la vie culturelle n'est apparemment pas extraordinairement dense. Se multiplient partout ces académies royales des lettres, sciences et arts, qui ne sont pas que des salons où l'on boit un verre d'eau ! Ce sont des lieux qui ont de l'argent et qui entretiennent les uns avec les autres des correspondances.

L'exemple le plus caractéristique est donné par l'académie de Dijon, dont on sait qu'elle a mis au concours la question de savoir si le rétablissement des sciences et des arts a contribué à réguler les mœurs. Conséquence de cela, Jean-Jacques Rousseau remporte son premier triomphe en remportant le prix pour son *Discours sur les sciences et les arts*. Des académies, donc, qui jouent un rôle important, à la fois parce qu'elles sont dispensatrices d'argent pour ceux qui veulent gagner leur vie avec leur intelligence et leur plume, ainsi que parce qu'elles sont dispensatrices de contacts entre toutes les villes du royaume et avec les grandes villes des autres royaumes – le réseau académique entretenant des ponts de Londres à Madrid, en passant par Berlin. Il y a des académies dans toutes les grandes villes des royaumes, ce qui permet de comprendre comment ces Lumières sont véritablement un mouvement qui irrigue l'ensemble de l'Europe. À côté de ces académies existent des structures plus mystérieuses dans notre représentation : les loges maçonniques.

La maçonnerie constitue un système de sociabilité qui n'est pas tellement différent des académies. La spécificité de l'académie réside dans sa procédure de cooptation ; la maçonnerie entretient, elle, une procédure d'initiation. Ce sont principalement les rituels d'entrée qui ont été modifiés – avec l'ajout d'un certain nombre de particularités comportementales et de tenues maçonniques. Quoi qu'il en soit, une bonne partie des académies des sciences est en même temps composée de maçons et beaucoup de maçons sont aussi académiciens. L'intérêt des loges est d'assurer une audience plus large et une possibilité de circulation beaucoup plus aisée et, plus encore que les académies, de permettre d'oublier relativement les différences sociales, l'esprit seul comptant. Relativement, car, en réalité, il existe des loges très particulières, comme celles d'ébénistes du faubourg Saint-Antoine, qui n'accueillent évidemment pas d'aristocrates, ou celles que fréquentent la famille d'Orléans ou la famille royale, qui ne sont pas du tout les mêmes que celles que fréquentent les médecins anglais ou écossais.

À côté de ces loges existent encore d'autres structures de sociabilité, qui parfois sont reliées aux structures maçonniques. Ce sont, par exemple, les compagnonnages, qui permettent aux ouvriers et aux artisans spécialisés d'errer dans toute la France pour parfaire leur formation, jusqu'à la réalisation de leur chef-d'œuvre. Ce sont d'ailleurs ces compagnonnages qui expliquent la diffusion dans tout le royaume d'une véritable culture ouvrière et artisanale. Quand je parle ici de culture, ce n'est plus seulement une pratique orale, puisque cela devient au XVIIIe siècle une culture écrite, ce dont témoignent par exemple les mémoires rédigées par Jacques-Louis Ménétra, maître verrier parisien du XVIIIe siècle, et ce dont témoigne aussi, évidemment, cette très grande entreprise de l'*Encyclopédie* qui est menée entre 1749 – à peu près – et 1763.

4 – L'identité des Lumières

Cette *Encyclopédie* nous amène immanquablement à évoquer l'identité des Lumières.

En 1782, Emmanuel Kant a publié une réponse, assez brève, à la question d'un lecteur, qu'il intitule d'ailleurs « Beantwortung der Frage : Was ist Aufklärung », « Réponse à la question : qu'est-ce que les Lumières ? ». Selon lui, l'homme des Lumières est celui qui sait porter le flambeau du lendemain, de l'avenir, et servir ainsi de guide et de point de références à l'ensemble d'une société. Cette idée a très longtemps dominé le paysage historiographique, et on a souvent étudié les Lumières comme celles de ces grands esprits qui avaient entraîné derrière eux toute la société dans la prospérité.

Un certain nombre de réflexions sociologiques, de travaux anthropologiques, sémantiques également, ont amené à remettre cela en question. Aujourd'hui, on a une autre vision des Lumières, vision qui n'est pas d'ailleurs complètement contradictoire avec la précédente, mais qui la remet en cause.

Les Lumières sont avant tout une sociabilité. Ce sont des gens qui se comprennent. Et quand on parle des Lumières, quand Louis XVI, en 1789, fait appel aux Lumières de son royaume, il fait bien appel à des individus. Donc, les Lumières, ce sont des individus qui se reconnaissent par un mode d'expression ; la lumière, elle, c'est celle qui éclaire, que l'on voit de l'extérieur, par un mode d'expression, ici un mode écrit, passant par l'impression et donc par la publicité, au sens le plus général du terme. Les Lumières, par définition, s'identifient donc par un mode d'expression et les structures de sociabilité qui le relaient – on en a vu quelques-unes, auxquelles on pourrait ajouter bien sûr la structure informelle que sont les salons. Par ailleurs, elles se reconnaissent dans des comportements qui sont des comportements, globalement, d'élites, voire d'aristocratie, avec une certaine endogamie et une volonté de promotion sociale qui est d'ailleurs moquée, essentiellement par ceux qui sont déjà au sommet de la pyramide. On pense ainsi à Voltaire, qui se moque de ceux qu'il appelle « les Rousseau des ruisseaux », tout simplement parce que lui n'en est plus un : il a réussi. Ce qui signifie que les Lumières sont non seulement une forme de sociabilité et une forme d'identité culturelle, mais que ce sont également des individus qui partagent l'espoir du progrès, progrès individuel et progrès pour la société.

Cette double dimension se mesure dans des parcours individuels – je pense à l'abbé Bertholon, physicien, je pense à Lesenne, obscur écrivain, pamphlétaire et abréviateur de l'*Encyclopédie*, qui a été étudié par le très grand historien Robert Darnton –, mais aussi dans l'idée d'un progrès collectif admirablement porté par le projet de l'*Encyclopédie*, qui est au départ financé par une souscription que seules peuvent s'offrir les élites les plus fortunées du royaume : entreprise monumentale, son coût l'est tout autant ; elle s'avère d'ailleurs une opération industrielle finalement assez rentable puisque, le succès volant au secours de la victoire, des encyclopédies portables, des encyclopédies de poche, des abrégés de l'*Encyclopédie* sont multipliés entre 1760 et 1800. On en imprime bien sûr à Genève et à Neuchâtel, puisque c'est le lieu de départ de ces imprimeries encyclopédiques, mais on en imprime en fait, ensuite, dans tout le royaume de France.

L'*Encyclopédie* proposée par Diderot et d'Alembert fait véritablement – ou affirme faire – le bilan des connaissances et des perspectives permettant à la France, au royaume et à l'homme, de progresser pour, finalement, l'humanité tout entière.

Cette identité des Lumières passe, on le voit, de façon très importante, par l'écrit. Celui qui porte l'*Encyclopédie*, celui qui porte les documents royaux, celui qui porte les revendications des Lumières, cet écrit, s'est développé durant tout le XVIIIe siècle. Sa maîtrise s'en est trouvée accrue et, à la fin du siècle, on estime à environ un tiers le nombre de Français sachant lire. Les manuscrits du XVIIIe siècle sont d'ailleurs infiniment plus aisés à lire que ceux du siècle précédent. Évidemment, ce chiffre d'un tiers de lecteurs est extrêmement variable : ils sont plus nombreux en ville qu'à la campagne et plus nombreux au Nord qu'au Sud, mais un tiers des Français a accès à l'écriture et à la lecture.

Cela se traduit bien sûr par la multiplication des journaux. On voit apparaître dans toutes les provinces de France les premiers journaux de petites annonces, comme les *Affiches, annonces et avis divers de la ville de Caen*, par exemple, où les gens vendent leur poêle ou leur charrette.

On voit également se multiplier des éditions destinées à des populations modestes. Le cas le plus célèbre est celui de la « Bibliothèque bleue » de Troyes, qui permet aux colporteurs de diffuser dans les campagnes des almanachs dans lesquels il y a des recommandations pour bien cultiver, qui côtoient des résumés de la pensée des Lumières et des contes. Au XVIIIe siècle, on assiste au passage des contes d'une oralité complète à une transmission écrite, à une préservation par l'écrit. Je rappelle que les frères Perrault, Charles Perrault en tout cas, ont écrit sous Louis XIV, de même que Madame d'Aulnois, et cette présence croissante de l'écrit permet également de comprendre la multiplication des sociabilités qui lui sont liées. On voit dans toutes les villes des salons de lecture et même, dans un certain nombre de cabarets campagnards, certains journaux apparaissent, et on commence à crier les journaux sur les places.

Tout cela traduit finalement bien la sensibilité croissante des Lumières dans la France du XVIIIe siècle.

Chapitre III

L'Europe française ?

I – Un temps de paix relative

Cette sensibilité des Lumières fait que la France confirme, durant la première partie du XVIIIe siècle, son statut de guide du reste de l'Europe. À ce moment-là peut être évoquée la question de *L'Europe française*, qu'évoque le titre d'un livre célèbre de Louis Réau.

L'Europe est tout d'abord française au XVIIIe siècle parce que la France connaît un temps de paix relative, ce qui signifie qu'à la différence des XVIe et XVIIe siècles, le XVIIIe siècle voit très peu d'opérations militaires se dérouler en France, y compris dans les régions frontalières, avant la Révolution. Quelques incursions anglaises dans les années 1750-1760 certes, mais elles sont tout à fait marginales, ainsi que quelques tentatives espagnoles et italiennes, qui sont également à la fois marginales et inefficaces. Le territoire connaît donc une paix relative, la France se sentant protégée par la ligne de défense construite par Vauban sous Louis XIV, la « Ceinture de fer » : 400 forteresses réparties sur les frontières, aboutissant également à l'idée qu'il y a un territoire français dont la limite est désormais matérialisée. Au-delà, c'est l'étranger ; en deçà, c'est la France qu'il faut défendre.

La territorialisation de la nation est un phénomène du XVIIIe siècle qui, avec la stabilisation liée à la paix, devient quelque chose d'important, de probablement ressenti par beaucoup de Français.

Le temps est celui d'une paix relative – ce qui permet d'expliquer qu'on n'ait pu, au XIXe siècle en particulier, développer le mythe de la « guerre en dentelles ». C'est l'époque où, lors de la bataille de Fontenoy, les généraux français et anglais se font des politesses, les uns disant aux autres : « Messieurs les Anglais, tirez les premiers. » Il faut évidemment nuancer : les batailles qui ont lieu sont terriblement meurtrières, les soldats y sont véritablement de la chair à canon, et les réformes réalisées par Louvois et Colbert pour l'armée de Louis XIV fonctionnent sur l'idée qu'en effet, les soldats – et particulièrement l'infanterie – sont destinés à être la cible de l'artillerie ennemie, à l'user le temps que la cavalerie l'attaque.

Donc, ce temps de paix relatif, qui permet effectivement aux Français de vivre sans vrai souci du lendemain, ne doit jamais nous faire oublier deux réalités : la réalité de guerres terriblement meurtrières – les combats navals, par exemple, sont des combats qui exterminent l'ennemi, par définition – et, d'autre part, la réalité d'une pression militaire très forte, qui est à la fois une pression démographique et une pression économique. La guerre continue de coûter très cher ; la guerre de succession d'Autriche, commencée en 1740 et qui s'achève en 1748 par le traité d'Aix-la-Chapelle, est l'une des premières à replonger le budget royal dans le déficit.

Il faut donc relativiser ce temps de paix, mais garder à l'esprit que c'est tout de même une idée qui est très prégnante à l'époque : le fait que la France soit relativement en paix, que les armées françaises aient, à tort ou à raison, la réputation d'être des armées, sinon invincibles, du moins extrêmement fortes, cette idée-là vient confirmer la présence du modèle français dans le monde.

2 – Le modèle français dans le monde

Il existe indéniablement un modèle français, admiré notamment par Frédéric II, qui se fait construire le château de Sanssouci, auquel il donne ce nom français, près de Berlin, à Postdam. On trouve de même des imitations de Versailles un peu partout (au Portugal, en Angleterre, même) et les savants français, les hommes des Lumières françaises, sont demandés un peu partout en Europe. Par exemple, le tsar de Russie, Pierre, fait construire Saint-Pétersbourg par des ingénieurs français qui en ont conçu les plans. On sait également comment Diderot et Voltaire ont voyagé de cour en cour, pour profiter des générosités des princes et des despotes éclairés.

Ce modèle français est donc très présent dans le monde. Cela n'empêche pas que, paradoxalement, le temps soit pour la monarchie un temps d'incertitude.

3 – Le temps des incertitudes

Tout d'abord, de quelle monarchie parlons-nous ? Louis XIV est mort en 1715 et, avec lui, c'est la monarchie absolue, telle qu'elle était dénoncée par Saint-Simon, qui semble être morte. Notre premier XVIIIe siècle est ainsi un vrai temps d'expérimentation politique avec, par exemple, un moment où le roi essaie de gouverner à nouveau avec des conseils. Au début de la régence de Philippe d'Orléans, qui dure de 1715 au 16 février 1723, lorsque le roi atteint sa majorité, on met en place ce qu'on appelle la « polysynodie » : un conseil se met en place pour les finances, un autre pour les affaires étrangères, un autre encore s'occupe des affaires de l'intérieur, etc. Dans une sorte de monarchie qui n'est plus – le roi est d'ailleurs mineur – une monarchie absolue où le roi règne seul ; le système devient une véritable monarchie de conseillers, tirés bien sûr de la très haute aristocratie.

Et puis cette tentative échoue en 1718. Le jeune Louis XV, encore mineur, revient au système du principal ministre avec le cardinal Dubois puis le cardinal de Fleury, et tente même par la suite, comme son aïeul Louis XIV, de gouverner seul. Cela entraîne chez les aristocrates, les hommes politiques, des interrogations, parce qu'un certain nombre de dysfonctionnements apparaissent.

Tout d'abord, comment gérer cette vraie contestation politique que sont les Lumières ? Par la tolérance parfois. Madame de Pompadour permet à l'*Encyclopédie* d'être publiée ; des gens comme Malesherbes, à la fin de la période, ou, plus tôt, comme Montesquieu et d'Argenson, peuvent développer des thèses qui demandent au monarque français une approche moins autoritaire du pouvoir, non pas plus démocratique mais tenant plus compte des conseils des élites et des gens éclairés.

Mais cela doit être mis en balance avec des temps de très forte répression. Le club ou se réunissent d'Argenson et Montesquieu, ce club de l'Entresol, est fermé en 1731. On sait que Rousseau va rendre visite à Diderot dans le donjon de Vincennes, pour savoir quel parti prendre à propos de la question, posée à l'occasion d'un concours académique, de savoir si les sciences et les arts ont aidé à améliorer les mœurs. Diderot lui donne d'ailleurs comme toujours un judicieux conseil, en lui disant de prendre le parti « que personne ne prendra », ce qui permet à Rousseau de remporter le prix.

Cette alternance entre répression et tolérance témoigne d'une incertitude théologique de la monarchie, à laquelle fait pièce l'affirmation de nouvelles théories politiques de mieux en mieux diffusées. Alors, c'est évidemment Montesquieu et *L'Esprit des lois* que l'on peut évoquer, mais c'est également, bien sûr, Rousseau et son *Contrat social*, et si l'on évoque l'un et l'autre, on évoque avec eux ceux qui gravitent dans le milieu académique, dans le temps des Lumières, ces gens qui sont le produit et le reflet de cette période que Michelet a décidément eu raison d'appeler le Grand Siècle.

Deuxième partie

L'impossible réforme de la monarchie 1763-mai 1789

Chapitre I

La constante réformatrice

I – Introduction

La deuxième moitié du XVIIIe siècle est marquée par la volonté de transformer la monarchie, volonté très contradictoire puisque certains veulent transformer cette monarchie française pour revenir à des temps réputés « temps dorés », comme le temps du roi Louis XII, celui de Louis IX, *alias* saint Louis, ou celui du bon roi Henri IV, tandis que d'autres veulent la réformer pour l'adapter au siècle des Lumières, peut-être pour en faire une monarchie plus anglaise.

Ce temps de réforme de la monarchie française a bien sûr fait l'objet d'études très nombreuses et on peut se rappeler que, dans la deuxième moitié du XXe siècle, l'une des principales interrogations était de savoir comment, entre 1750 – à peu près – et 1789, était née la Révolution. L'historien Ernest Labrousse avait d'ailleurs posé très clairement cette question : « Comment naissent les révolutions ? »

C'est qu'en effet, il est très difficile de lire cette période de la deuxième moitié du XVIIIe siècle autrement qu'à la lumière de ce qui se passe entre 1789 et 1799. Cet effort est difficile mais pourtant indispensable parce que, par définition, ceux qui ont vécu la deuxième moitié du XVIIIe siècle, même ceux qui par ailleurs ont participé à la Révolution française, ne savaient pas que cette Révolution allait éclater. Bien sûr, on peut toujours trouver çà et là tel auteur, comme Voltaire, affirmant que « la révolution éclatera bientôt », ou comme Diderot, affirmant : « Nous vivons le temps des révolutions. » Mais ces mots font partie des *topoï* que l'on trouve absolument à toutes les périodes ; cela ne diffère donc en rien d'une simple formule rhétorique. Le fait que l'on dise qu'une révolution se profile ne signifie pas que celle-ci doit fatalement arriver.

Il faut bien prendre en considération que, durant ce deuxième XVIIIe siècle, en gros entre 1750-1760 et 1789, sans cesse le pouvoir politique français a essayé de se transformer, de s'adapter à ces exigences nouvelles issues du monde des Lumières et des mutations économiques et sociales.

Cette adaptation témoigne d'ailleurs d'une constance de l'esprit réformateur, et c'est le premier moment que je voudrais mettre en valeur ; elle témoigne aussi d'un vrai talent des conservateurs de l'époque, ce sera l'objet de la deuxième partie de cet exposé ; elle témoigne enfin de la prise de conscience collective d'une crise connue par la France durant cette période.

2 – Renversement d'une conjoncture politique

On peut faire commencer cette période entre 1745 et 1763 parce que les indices de crise sont à ce moment-là devenus patents. Un signe : le roi Louis XV, jusqu'alors le « Bien-Aimé », tombe malade en 1744. Tout le royaume tombe à genoux en prières pour qu'il soit sauvé, et des actions de grâce sont célébrées dans toutes les églises du royaume lorsque sa guérison est avérée. Peu après, les choses s'effondrent. La répression organisée par le pouvoir monarchique se développe, le mécontentement paysan, en dépit de la période de croissance, s'accentue et Louis le « Bien-Aimé » disparaît au profit d'un monarque qui, abandonnant Madame de Pompadour au profit de Madame du Barry, semble se retirer dans des palais qui ne sont même plus ceux de Versailles, mais ceux de Marly, pour se livrer à des actes de débauche avec des enfants. Il devient un vieillard obscène dont le comportement autoritaire laisse place à de très fortes critiques.

On peut également rappeler que durant cette période, la France, qui avait eu la réputation d'être invincible, est vaincue à plusieurs reprises, en particulier à l'issue de la guerre de Sept Ans (1756-1763). Pour la première fois depuis le règne de Louis XIV, vaincue par la Prusse et l'Angleterre, son ennemie régulière depuis la guerre de succession d'Espagne (on a même parlé, concernant cette rivalité, de « seconde guerre de Cent ans »), elle perd des territoires en grand nombre entre 1761 et 1763, date de la signature du traité de Paris : la quasi-totalité de sa zone d'influence en Inde, la « Belle Province » de Nouvelle France avec Québec, la rive gauche du Mississippi… Bref, une très grande partie de ce premier empire colonial est perdue par la France après la guerre de Sept Ans, tandis que l'Angleterre sait à merveille profiter d'un monde Atlantique désormais largement contrôlé par ses vaisseaux.

Cette défaite militaire coïncide également avec de vraies défaites politiques après 1763 : l'esprit des Lumières est véritablement combattu par un certain nombre de personnes de l'entourage du roi et l'on voit poindre des individus, comme Monsieur de Miromesnil dans les années 1770, qui sont remarquables par leur volonté d'empêcher toute expression hostile à la monarchie absolue.

C'est donc cela qui nous permet de mesurer combien, en effet, la deuxième moitié du XVIIIe siècle a été marquée par une sorte de renversement de conjoncture politique.

Chapitre II

La réforme de l'État

I – Les parlements

Et pourtant, il y a bien une constance réformatrice, dont le premier aspect réside dans les volontés de réformes de l'État portées tout au long du XVIIIe siècle. Réformer l'État, cela signifie alors s'interroger sur la relation entre le roi et son conseil.

Dès les années 1715-1720, nous avions évoqué l'expérience de la polysynodie, d'une monarchie qui n'était plus absolue, mais bien une monarchie de conseil. Durant tout le XVIIIe siècle, d'autres instances plus traditionnelles ont affirmé régulièrement leurs voix au chapitre politique ; c'est en particulier le cas du Parlement, avec lequel les relations du monarque ont toujours été extrêmement compliquées, tantôt de complémentarité, tantôt de tension.

Le Parlement, de quoi s'agit-il ? Au départ, pour remonter au Moyen Âge, le Parlement est le roi en justice. Progressivement, entre le XVe siècle et le XVIe siècle, il a été choisi pour valider les décisions royales : une ordonnance royale doit être enregistrée par le Parlement pour devenir véritablement exécutoire. Il existe plusieurs parlements : un principal, le parlement de Paris, puis ceux installés à Bordeaux, Toulouse, Aix…

un certain nombre de régions disposent également de parlements, qu'on appelle aussi des cours souveraines, qui sont donc à la fois une instance de pouvoir juridique et, d'une certaine façon, une instance de pouvoir législatif.

Ces parlements peuvent en effet, pour accepter d'enregistrer un édit royal, exercer ce que l'on appelle un droit de remontrance, autrement dit dire au roi : « Nous voulons bien enregistrer cet édit, à condition que vous changiez ceci ou cela parce que ça ne nous plaît pas. » Ainsi, à plusieurs reprises, les parlements, en particulier le parlement de Paris au XVIIe siècle, ont contesté des décisions royales, devenant des sortes d'alternatives à l'absolutisme. Cela avait par exemple conduit Louis XIV à tout simplement interdire leur droit de remontrance, interdiction levée dès la mort du Roi-Soleil. À plusieurs reprises, Louis XV cherche à briser de nouveau le droit de remontrance des parlements ; c'est le cas dans les années 1720 et entre 1763 et 1770 pour les affaires dites du parlement de Bretagne durant lesquelles le parlement de Rennes avait soutenu son procureur général, La Chalotais, contre l'autoritarisme du duc d'Aiguillon, représentant direct de Louis XV. Ce que souhaitent les parlements, c'est que soit reconnue et amplifiée leur capacité à modifier les édits et ordonnances proposés par le roi. Le roi, naturellement, souhaite limiter au minimum cette possibilité.

Il faut bien imaginer par ailleurs que ces parlementaires sont tout sauf des élus du peuple ; ce sont des officiers royaux. Ce fonctionnement existe encore aujourd'hui, à la mode de l'Ancien Régime, chez les notaires et les huissiers. C'est-à-dire que, pour devenir officier du roi, il faut donner de l'argent pour acheter la fonction ; les parlementaires sont donc ceux qui ont acheté une fonction juridique et politique pour une somme tout à fait considérable – plusieurs centaines de milliers de livres –, car il faut dire que les revenus liés à ces fonctions sont extrêmement importants, à la fois en termes financiers et de prestige. Par exemple, lorsque vous achetez une charge de conseiller au parlement de Paris, vous devenez noble – c'est ce qu'on appelle une charge anoblissante. Il est donc hors de question de considérer que les revendications des parlements au XVIIIe siècle sont de type démocratique, même si les parlementaires sont tous des hommes « éclairés ». Quoi qu'il en soit, à plusieurs reprises effectivement, ils ont amené le roi à réfléchir sur les sujets de tolérance religieuse comme sur le fonctionnement des institutions politiques et économiques.

2 – Une réforme nécessaire

Cette réforme de l'État est également une réforme du rôle de ses différentes instances. Aujourd'hui, nous connaissons les préfets ; à l'époque, depuis Louis XIII, on connaît les intendants, qui sont les dépositaires du pouvoir royal dans les provinces. Ces intendants de police, justice et finance – c'est leur titre, c'est dire qu'ils ont donc un pouvoir très important – sont chargés de relayer les décisions royales et de les faire vivre dans les provinces. Ils se trouvent là très fréquemment confrontés à ces parlements de province dont nous avons parlé. Cette confrontation que nous avons constatée entre le parlement de Paris et le roi se retrouve finalement de la même façon à l'échelle des provinces entre les parlements de provinces et les intendants du roi.

Quand on sait que, en outre, à côté de ces intendants, il existe des dignitaires qu'on appelle les gouverneurs, dont le pouvoir est un pouvoir militaire très ancien, hérité du XVe siècle et du XVIe siècle, et que, par ailleurs, une partie du territoire échappe au pouvoir des intendants comme au pouvoir des gouverneurs parce qu'il est sous la juridiction ecclésiastique, on comprend que, très tôt, l'idée de la réforme de la complexité administrative française s'est imposée. En 1789, Mirabeau décrit la France comme « un agrégat inconstitué de peuples désunis ». Un seul individu pouvait relever de cinq ou six juridictions différentes à la fois, et donc choisir celle qui lui semblait la plus à même de défendre ses intérêts.

La réforme de l'État est une urgence pour laquelle le roi lui-même, Louis XV comme Louis XVI, comprend qu'elle est indépassable, incontournable. Cela permet de mieux comprendre pourquoi Louis XV a laissé des gens comme d'Argenson et Montesquieu publier leurs œuvres, et comment il se laisse convaincre par son entourage de laisser la réflexion autour de d'Alembert et Diderot se faire dans le cadre de l'*Encyclopédie*. C'est également la raison pour laquelle la lutte contre Jean-Jacques Rousseau reste une lutte somme toute bienveillante et modérée ; ce dernier n'a jamais été torturé ou passé à la question, tout juste fait-il un peu de prison, et le solitaire d'Ermenonville peut se promener tranquillement chez son ami Girardin sans être véritablement dérangé, en dépit des positions radicales qu'il prend dans *Du contrat social*. C'est la raison pour laquelle, enfin, Louis XVI encourage les académies à mettre au concours des questions juridiques. Ainsi, en 1778, une académie propose-t-elle un concours ouvert à tous sur la question d'un plan de législation criminelle réformant l'ensemble du système judiciaire. À ce concours participent deux personnalités, l'une déjà célèbre, l'autre appelée à une célébrité ultérieure, à savoir Voltaire et Jean-Paul Marat, le futur « Ami du peuple ».

On voit comment, en effet, cette idée de la réforme de l'État est une idée dont les rois Louis XV et Louis XVI, ainsi que leur entourage, ont eu conscience ; ils ont aussi eu conscience qu'il fallait, en quelque sorte, prendre des leçons dans les États qui, autour de la France, connaissaient déjà une réforme effective et profonde.

Sur ce sujet, on pense en particulier à la Prusse de Frédéric II, ce despote éclairé dont les triomphes militaires se multiplient dans les années 1760, et bien sûr à l'Angleterre de la dynastie Orange, puisque dans cette Angleterre, le pouvoir d'un *parliamant*, de mieux en mieux élu et contrôlé, se développe, et ce développement du pouvoir anglais s'accompagne d'un prestige croissant de l'Angleterre dont la victoire anglaise en 1763 a été le signe.

Chapitre III

La réforme de l'économie

I – Le mercantilisme

Nous entrons là dans des thématiques qui sont aujourd'hui encore au cœur de nos interrogations. Le XVIIIe siècle a vu en effet la confrontation de deux théories économiques : l'une, qu'on peut appeler le colbertisme ou le mercantilisme, l'autre, que l'on appelle aujourd'hui encore le libéralisme.

Le colbertisme, ou le mercantilisme, repose sur l'idée que ce qui fait la richesse est la quantité de richesses et de production. Plus on a d'argent, plus on est riche. La conséquence est que, pour qu'un État soit riche, il doit produire. Louis XIV, dont Colbert est le principal conseiller, multiplie les manufactures, à Saint-Gobain, Sèvres, les Gobelins, Baccarat, Saint-Louis, Limoges… En produisant plus, l'État s'enrichit. Le système des compagnies à monopole est très lié à cette conception de l'accumulation : qui dit monopole dit que tous les bénéfices pourront être concentrés dans un seul pays. On note d'ailleurs que ce système n'est pas propre à la seule France, puisque l'Angleterre connaît ses compagnies à monopole – les amateurs de *Pirates des Caraïbes* connaissent la *East India Company* –, de même que la Hollande.

Le mercantilisme est donc en quelque sorte la doctrine officielle de l'État royal, durant la quasi-totalité de la période qui nous intéresse. Cela aboutit par exemple au rôle majeur des greniers royaux dans lesquels on entrepose le blé, ou au rôle très important des contrats qui sont signés entre les meuniers et les agents du roi qui contrôlent la circulation des grains – je rappelle qu'à ce moment-là, environ la moitié de l'alimentation est composée de pain. Ce qui touche à la circulation des grains est véritablement vital, comme en témoigne aussi le rôle dans la circulation économique des octrois, les barrières de péage, qui sont la fiscalité la plus omniprésente de cette période.

La circulation économique en elle-même n'est absolument pas encouragée. Chaque déplacement d'un produit est l'objet d'une taxe : il faut qu'il paie pour sortir d'une ville, puis pour franchir un pont, et enfin pour entrer dans une autre ville. Les barrières d'octroi restent d'ailleurs en place jusqu'à la Révolution française, et même au-delà ; on se souvient que, dans les années 1780, le grand savant Lavoisier fait édifier autour de Paris l'enceinte des Fermiers généraux, qui suscite chez les Parisiens de très nombreuses réserves et au sujet de laquelle le dicton populaire parle du « mur murant Paris [qui] rend Paris murmurant ».

Un certain nombre de gens défendent ces conceptions mercantilistes (Diderot par exemple en 1771), en expliquant que, grâce à cela, il n'y a plus de disette, le roi contrôle la circulation des grains et la circulation des biens, et peut donc assurer le rééquilibrage des approvisionnements lorsque le besoin s'en fait sentir ; grâce à cela finalement, la grandeur de la France est préservée.

2 – Les libéraux et les physiocrates

Face aux défenseurs, les critiques se multiplient inévitablement au cours du XVIIIe siècle, où l'on voit s'éveiller ce que l'on appelle un mouvement libéral sur le plan de l'économie. Là encore, de façon très simple, pour les libéraux, la richesse n'est pas créée par l'accumulation, mais par la circulation des biens, des produits et de l'argent. Cette circulation de la richesse ne doit donc absolument pas être freinée, d'où l'opposition des libéraux aux octrois, aux péages et, bien sûr, au système du monopole.

Un autre élément de la circulation de la richesse est la possibilité de faire jouer la libre concurrence. La théorisation du XVIIIe siècle aboutit aux réflexions anglaises d'Adam Smith et de sa célèbre « main invisible » régulant de façon magique le flux économique. Adam Smith d'ailleurs très vite traduit en France, dès la fin des années 1770, où il rencontre une opinion extrêmement favorable avec les « physiocrates », des gens comme Turgot, Quesnay ou les lecteurs du *Dictionnaire* de Savary des Brûlons, publié dans la première moitié du siècle, qui proposent des alternatives au système mercantiliste dont ils considèrent qu'il met la France en situation d'infériorité économique par rapport à des pays qui, eux, connaissent un décollage accéléré – en particulier face, bien sûr, à l'Angleterre.

On a vu précédemment que, durant la première moitié du XVIIIe siècle, on avait pu parler d'une Europe française ; la deuxième moitié du XVIIIe siècle est, elle, marquée par ce que l'on appelle l'anglomanie. L'Angleterre devient à la mode, y compris les peintres anglais, ce qui est quand même extrêmement nouveau, en particulier avec le célèbre Gainsborough, le portraitiste de l'aristocratie anglaise.

Ces libéraux français pensent alors que la vraie richesse de la France n'est pas dans le décollage industriel, mais bien dans le décollage agricole. Il s'agit donc d'un libéralisme qui repose sur la foi dans l'accélération de la production agricole, ce que l'on appelle la physiocratie. Le travail des physiocrates est à la foi théorique (voir le *Tableau économique de la France* publié par Quesnay par exemple) et pratique. En effet, ces physiocrates ne sont pas seulement des aristocrates dans leurs châteaux ou leurs palais de campagne, ce sont également des administrateurs qui s'attachent à faire expérimentalement la preuve de l'efficacité de leurs méthodes ; c'est ce qu'a fait Turgot lorsqu'il était intendant du Limousin, et à la limite, l'encouragement donné à Parmentier pour développer la pomme de terre fait partie de cette idée qu'il faut ouvrir l'économie à des ressources nouvelles et la réformer. L'autre aspect sur lequel s'appuient d'ailleurs de façon très importante ces réformateurs de l'économie est l'acceptation, en particulier par le monde rural, d'une idée nouvelle, l'intégration des nouveautés. La réforme de l'économie est rendue possible par le fait que ce monde rural – 80 % à 90 % de la population française –, dopé par la croissance, commence à accepter les nouveautés.

3 – L'acceptation de la nouveauté

Jusqu'au XVIIe siècle, le paysan ne pouvait pas admettre de faire autrement qu'à la manière de ses parents et de ses grands-parents pour une raison très simple : la moindre prise de risque dans une société de sous-production, en quasi-autarcie, où la totalité des revenus agricoles était consacrée à la survie et à la reproduction de la culture, était une tentative mortelle.

Il n'y a pas d'autre moyen de le dire : une exploitation paysanne représentant alors deux, trois, parfois quatre ou cinq hectares maximum, si un paysan consacre ne serait-ce que un demihectare à essayer une culture spéculative, compte tenu des rendements d'un pour quatre ou un pour trois auxquels il est confronté, cela signifie qu'il n'aura plus de quoi, non pas payer ses impôts puisqu'on commence par payer ses impôts, mais nourrir sa famille et reconduire ses semailles.

Les nouveautés sont donc le mal dans ce monde des campagnes du XVIIe siècle, et ceux qui apportent des nouveautés sont forcément des envoyés du diable. Un certain nombre de tentatives ont été faites pour proposer de nouvelles cultures (maïs, tabac, riz par exemple, venus des colonies), très souvent vouées à l'échec et au refus absolu des paysans.

Or, au XVIIIe siècle, le regard sur la nouveauté évolue. On voit se développer de nouvelles cultures, la pomme de terre étant bien sûr l'exemple le plus connu, mais aussi le maïs. On voit aussi la multiplication des plantations de cucurbitacées dans le sud de la France et les premières cultures de fraises en Bretagne. Une série de nouvelles cultures témoignent que, même dans le milieu paysan, « Pauvre Job attaché à sa glèbe », selon le célèbre mot de Michelet, on peut commencer à voir non plus à court terme, c'est-à-dire au terme de la récolte suivante, mais à plus long terme. Ce fait est très sensible si l'on évoque la viticulture. Le champagne est un investissement au minimum à dix-huit mois, c'est-à-dire une récolte et demie. Le développement et la mise en valeur des vieux millésimes, en Bordelais, en Bourgogne, s'expliquent également par la capacité d'un investissement à moyen voire à long terme et d'une rentabilité accrue par l'allongement du délai de retour sur investissement.

La prospérité du XVIIIe siècle elle-même permet alors de comprendre pourquoi on assiste à ces expérimentations et à ces interrogations des libéraux, qui commencent à contester de toutes les façons possibles la gestion mercantiliste de l'économie par le roi de France. Plusieurs de ces débats sont parvenus jusqu'à nous ; par exemple, entre 1770 et 1772, Diderot lui-même pilote véritablement un débat acharné entre deux contradicteurs, un mercantiliste et un physiocrate, et lorsque le physiocrate est menacé d'être mis en prison par le roi, Diderot s'élève pour le défendre, pour expliquer qu'il faut que chacun puisse s'exprimer dans le cadre de la liberté d'expression.

4 – L'apparition du libre-échange

Cette idée qu'une réforme de l'économie ou qu'une intervention sur l'économie passe donc par des vecteurs qu'on appellerait aujourd'hui les médias, la presse en particulier, apparaît très clairement dans les années 1780. L'affaire du collier de la reine est connue : la livraison d'un collier somptueux offert à Marie-Antoinette par Rohan, amoureux transi mais ruiné, qui amène les vendeurs à se retourner contre la Reine, provoquant un tollé dans l'opinion publique. Cette affaire appartient à un dispositif économique et financier tout à fait original, qui a été en particulier mis en évidence par les travaux de Robert Darnton, dont nous avons déjà parlé.

L'affaire du collier de la reine s'est inscrite dans une logique de spéculation boursière et de médiatisation de la spéculation boursière. Une série de pamphlétaires et d'écrivains, parmi lesquels on retrouve des noms que l'on apprendra ultérieurement à connaître comme Danton ou Brissot, ont participé au discrédit global des finances du roi – dont l'affaire du collier de la reine est une composante –, ce qui a fait l'objet de toute une propagande expliquant qu'en même temps, le déficit s'accentuait à cause de la guerre… Tout cela permettant de jouer en spéculant à la baisse sur la livre tournois pour au contraire engranger des bénéfices en valorisant la livre anglaise.

Ces affaires économiques, ce jeu libéral et cette mutation spéculative montrent qu'un phénomène assez nouveau intervient dans la deuxième moitié du XVIIIe siècle. La vraie conscience que l'économie du royaume telle qu'elle avait été mise en place par Colbert, sous l'égide d'un mercantilisme d'ailleurs beaucoup plus ouvert que ce que l'on a pu en dire, doit effectivement être modifiée en profondeur, non seulement en raison d'un renversement de la conjoncture à la fin du XVIIIe siècle, mais aussi parce que l'économie du royaume s'inscrit désormais dans des logiques planétaires.

En effet, en 1783, la France et l'Angleterre, ces royaumes qui ne se sont jamais entendus sur rien, signent un traité de libre-échange. C'est un événement extraordinaire, qui signifie que le royaume de France reconnaît désormais qu'on ne peut plus en rester au système des monopoles stricts et que c'est à l'échelle du monde entier que l'on doit réfléchir sur la liberté de la circulation dans les mers. Alors, cette réforme de l'économie, qui s'impose petit à petit par la pratique à travers des traités signés avec tel ou tel partenaire, tout comme la réforme de l'État qui elle aussi progresse, témoigne d'une réforme des esprits.

Chapitre IV

La réforme des esprits

I – L'expérience de Mesmer

Nous avons évoqué, pour la période du deuxième XVIIIe siècle, ce que l'on appelle la seconde génération des Lumières. Cette seconde génération des Lumières, elle est illustrée par un certain nombre de très grands noms : Buffon, par exemple, l'auteur de l'*Histoire naturelle*, le très grand naturaliste grâce auquel on obtient des nomenclatures nouvelles de la zoologie du monde entier. On peut également évoquer à nouveau, même si le personnage est très ambigu, le célèbre Lavoisier, qui organise la chimie nouvelle.

Cette réforme des esprits fait que les discours théoriques des Lumières s'inscrivent désormais dans des pratiques qui, de plus en plus souvent, allient la philosophie, la science et la politique. Une belle histoire illustre bien ce propos, celle de Franz-Anton Mesmer. Dans les années 1780, ce médecin autrichien un peu mystérieux arrive à Paris, auréolé d'une espèce de gloire sulfureuse. Il ouvre son cabinet où il reçoit très vite une clientèle d'un très haut niveau, notamment des familiers du roi, dont le duc d'Orléans. Les convives se rassemblent chez lui, se réunissent autour d'un baquet d'eau, se tiennent par la main et retrouvent leur harmonie individuelle en reconstituant l'harmonie universelle grâce au pouvoir d'un étrange fluide magnétique.

Le baquet de Mesmer suscite l'admiration, un peu d'ironie parfois, des interrogations ; il fait l'objet d'une enquête de la part de l'Académie des sciences à qui il faut deux ans, après avoir subi de très nombreuses critiques de la part des défenseurs de Mesmer, pour publier un rapport qui accuse le médecin de charlatanisme.

Ce qui est intéressant ici, c'est que Mesmer est d'abord pris au sérieux, comme un vrai scientifique, quelqu'un qui apporte effectivement des solutions à un certain nombre de problèmes de santé. L'idée selon laquelle tout fonctionne sur la base du déséquilibre d'un fluide universel est tout à fait recevable par les meilleurs scientifiques de l'époque.

Donc, l'hypothèse sur laquelle se fonde la médecine mesmérienne, celle d'un fluide dont le baquet permet de percevoir les sens, n'est pas du tout une idée absurde, mais au contraire parfaitement scientifique. Il la met en œuvre selon des modalités que l'Académie des sciences dénonce, mais la recevabilité scientifique de l'idée de départ n'est pas remise en question.

Deuxièmement, pourquoi des gens aussi éclairés que Brissot ou Roland, le banquier suisse Clavière ou le duc Philippe d'Orléans, se retrouvent-ils autour du baquet de Mesmer ? Parce que la science devient un espace de sociabilité. On se retrouve autour du baquet de Mesmer comme on se retrouve dans le cabinet de curiosités du physicien Charles, ou comme on assistait à la cour de Versailles aux expériences de l'abbé Nollet sur l'électricité.

Bref, la fonction de la science n'est pas seulement celle de la compréhension rationnelle du réel, mais elle est également celle d'une identité sociale, politique et culturelle. Or, se réunir autour d'une modernité scientifique, c'est affirmer qu'on a la volonté de participer au changement de la société. La science est ici autant un lieu qu'un signe politique.

2 – La place de la femme

On a donc une réforme des mentalités qui se traduit également par la valorisation de l'esprit tant au sein de la cour que de la société tout entière. Le célèbre film de Patrice Leconte, *Ridicule*, valorise évidemment cette conversation telle qu'elle se développe au XVIIIe siècle. De fait, la conversation et l'esprit de cour transparaissent dans de très nombreuses œuvres et ces intelligences sont véritablement des esprits forts.

Le Mariage de Figaro, de Pierre-Augustin Caron de Beaumarchais, a fait l'objet de la censure, en particulier au troisième acte. Ce que l'on sait souvent moins, c'est que cette censure a en particulier porté sur les textes dans lesquels Marceline explique que c'est parce qu'elle est femme qu'elle échoue, que c'est parce qu'elle est femme qu'elle est bloquée. Des textes dont la virulence pourrait rétrospectivement apparaître comme préféministe dans un temps où, en effet, la place de la femme dans la société commence à être remise en cause.

Curieusement, c'est à cette période qu'une vraie réflexion sur l'obstétrique est non seulement menée, mais est également popularisée. Les sages-femmes commencent à apprendre comment se construit l'accouchement, comment s'opère la dilatation de l'utérus, comment respirer au mieux pour souffrir le moins possible. L'idée que « tu enfanteras dans la souffrance » commence à reculer grâce à l'action d'un certain nombre de femmes, comme madame du Coudray, qui sont d'ailleurs souvent des aristocrates et qui, dans le territoire tout entier, diffusent des mannequins et des manuels de bonnes pratiques.

L'art d'accoucher change car le rapport de la femme au monde change. Je crois que cette deuxième moitié du XVIIIe siècle place cette mutation de la place de la femme comme un élément capital de la réforme des esprits.

Pour en revenir au *Mariage de Figaro*, il est intéressant de noter que, dans cette pièce extraordinaire, Figaro, l'homme rusé, échoue successivement dans toutes ses entreprises. En revanche, celles qui réussissent leur coup sont Suzanne et Rosine qui parviennent, elles, à avoir absolument ce qu'elles veulent : le retour d'Almaviva et le mariage à l'issue de cette folle journée. Dans *Le Mariage de Figaro*, probablement pour l'une des premières fois dans l'histoire du théâtre, les femmes, unies au-delà de leurs différences sociales, gagnent. Elles gagnent là contre la sottise de Figaro et contre l'incompétence et la réaction du comte Almaviva. Une réforme des esprits qui s'oppose donc – la censure dont a souffert *Le Mariage de Figaro* nous le prouve – à un talent conservateur qui caractérise également l'ensemble du siècle.

Chapitre V

Le talent conservateur

I – L'Église face au doute

Ce talent conservateur est avant tout celui de l'Église qui, durant la deuxième moitié du XVIIIe siècle, est confrontée à une série de remises en cause, à la fois sur les plans théorique et pratique.

Partons de la pratique : les travaux fondateurs de Michel Vovelle ont pour la première fois posé la question de la pratique et du vécu religieux dans la France du XVIIIe siècle. À l'issue d'enquêtes extrêmement précises, il en arrive à l'idée que dans un grand nombre de régions de France, la pratique religieuse recule. Évidemment, un certain nombre de régions – l'Anjou ou la Bretagne, par exemple – résistent. En revanche, dans le Bassin parisien et dans le Sud provençal cher au cœur de Michel Vovelle, ce recul est assez clair.

Quels en sont les signes ? Par exemple, dans les églises, il y a de moins en moins d'*ex-voto*. Les registres paroissiaux évoquent des baptêmes de moins en moins systématiques, alors qu'on a par ailleurs la certitude d'une permanence démographique ; cela signifie qu'un certain nombre de gens oublient d'aller se faire baptiser tout de suite, ou attendent un peu.

Les rapports des évêques sont également révélateurs de cette diminution de la pratique lorsqu'ils attestent une réduction du culte au moment de Pâques. Une série de sources montre qu'en effet, la croyance et la foi dans leurs aspects les plus pratiques semblent reculer en profondeur dans un certain nombre de régions. Les gens mangent mieux ; ils prient moins.

Un autre aspect encore ne se voit non pas au niveau du peuple, mais au niveau des élites, avec des affirmations de plus en plus véhémentes et publiques d'un véritable matérialisme. Cela rend l'Église furieuse, comme pour l'affaire du Chevalier de la Barre, condamné en 1760 et exécuté pour avoir refusé de se signer devant le passage d'une procession. Cette exécution, qui aurait été banale au XVIIe siècle, suscite un véritable scandale. Mais elle est bien le signe que, pour un membre de l'aristocratie comme l'était le Chevalier de la Barre, afficher une irréligion évidente ne devait pas poser de problème.

En effet, un certain nombre d'aristocrates se manifestent eux-mêmes comme des incroyants, des panthéistes, des sceptiques ou des agnostiques. Certains salons dans lesquels se retrouve la meilleure aristocratie, très contrastée d'ailleurs dans ses opinions, sont tenus par d'authentiques matérialistes affirmant que Dieu n'existe pas, comme le salon du baron d'Holbach. Il est évident que nous sommes ici en présence d'un héritier de la noblesse des croisades, d'un homme qui affirme que sa noblesse est plongée dans le sang des mécréants combattus par ses ancêtres et dont la noblesse est quelque chose d'inné parce qu'hérité. Il paraît pourtant désormais possible d'afficher parallèlement des sentiments mécréants, athées et matérialistes.

L'un des grands succès de l'édition du XVIIIe siècle est d'ailleurs le roman libertin. Qu'ils soient très retenus, comme *Le Paysan perverti*, ou franchement pornographiques, comme c'est le cas pour *Thérèse philosophe*, ces romans sont édités et réédités très régulièrement, tout au long du XVIIIe siècle. Leur popularité, même s'ils ne sont diffusés que dans les milieux culturellement élevés, correspond également au développement d'une peinture dont la relation au péché de chair est beaucoup plus détendue : pensons très simplement à ces merveilleux tableaux de Fragonard que sont *Le Baiser volé*, *Le Verrou* ou *L'Escarpolette* et qui nous racontent des histoires qui semblent très éloignées de la peur du péché mortel.

Alors l'Église, face à cela, tente de reprendre la main, notamment en faisant exécuter le Chevalier de la Barre, ou à travers le procès Calas, ce protestant exécuté pour le meurtre de son fils supposément prêt à devenir catholique, alors que celui-ci s'était suicidé – Voltaire parvient finalement à faire réhabiliter Jean Calas deux ans plus tard, en 1763. L'église lutte avec acharnement contre les dérives durant tout le XVIIIe siècle, tentant par exemple de limiter l'influence de ces jansénistes tardifs qui peuplent alors le parlement. L'Église est également très présente dans la cour de Louis XV qui, il est vrai, a très fréquemment recours aux services d'un confesseur pour les raisons que nous évoquions précédemment, puis dans celle de Louis XVI, avec des gens comme l'abbé Bertholon, inlassable pamphlétaire et savant prolifique, qui multiplient les imprécations contre les malheurs du temps.

2 – Les disgrâces de Turgot et de Necker

En 1770, le dauphin, le jeune Louis qui a alors quinze ans, se marie avec Marie-Antoinette. Grand mariage à Versailles, immense fête à Paris, qui fait plusieurs centaines de morts. En effet, un mouvement de panique effraie la foule qui se replie dans la panique, s'écrasant, se bousculant, s'éventrant, dans une cohue qui fait dire à tout un chacun que le règne qui s'ouvrira partira sur de très mauvaises bases. Le présage est sinistre. Pourtant, lorsque meurt le roi Louis XV, Louis XVI est plutôt accueilli dans la joie. Il apparaît comme un homme ouvert à l'esprit des Lumières, soucieux de développer les libertés individuelles et qui connaît bien l'ensemble des meilleurs esprits du temps – c'est un lecteur de l'*Encyclopédie*. Et puis, il est un souverain bonhomme.

La place de Louis XVI est compliquée. Chaleureusement accueilli au départ, il manifeste très vite une certaine incapacité à faire des choix politiques clairs. Le premier ministère qu'il mène est dirigé par Turgot – un nom que nous avons déjà évoqué. Immédiatement, on tente de libéraliser le système économique, de donner au parlement des pouvoirs supplémentaires et d'introduire auprès du roi une armée de réformateurs. Tout aussi rapidement, ces tentatives sont vouées à l'échec. Autour du roi se multiplient les cabales montrant que Turgot mène le pays à la ruine. Elles sont en particulier menées par les frères du roi, Louis et Charles, très énergiques. Parallèlement, dans l'entourage du roi, nombre de conseillers développent l'idée selon laquelle seul le retour aux anciennes pratiques de Louis XIV pourrait empêcher le royaume de plonger dans la ruine.

Cette situation aboutit au renvoi de Turgot et à la première élévation d'un homme à la carrière politique très étonnante, dans cette France du XVIIIe siècle, Necker. Banquier genevois, donc protestant dans un pays qui, théoriquement, a révoqué l'édit de Nantes, il compte parmi ceux dont la compétence transcende l'interdit. Très vite, il tente de faire comprendre au roi que pour surmonter les problèmes, et en particulier les problèmes financiers de la couronne soigneusement décrits dans un « Livre Blanc », la seule solution est une réforme en profondeur des finances. Necker, à son tour, doit démissionner en 1781, soit moins de trois ans après son arrivée au ministère des Finances.

Celui qui le remplace, Calonne, pourtant réputé être un partisan du mercantilisme, partisan des méthodes anciennes, est à son tour disgracié lorsqu'il propose un certain nombre de réformes.

3 – La réaction féodale

La pression de ceux qui veulent le retour à l'Ancien Régime autour du roi est très forte, portée par ce que l'on appelle la réaction féodale. Il y a dans ce parti conservateur un vrai talent qu'illustrent, à la base, le phénomène de la redécouverte des terriers et, au sommet, l'édit de Ségur de 1781.

À partir de 1775, l'aristocratie, donc les seigneurs, décident de rénover leurs terriers. Un terrier est un document sur lequel sont enregistrés les impôts que les sujets d'un seigneur lui doivent. Beaucoup de ceux-ci étaient tombés en désuétude ou n'avaient pas été réévalués depuis le temps de leur rédaction, c'est-à-dire depuis le xve siècle. Autrement dit, le poids réel des impôts féodaux payés par les paysans s'était considérablement amenuisé. La fiscalité principale résidait désormais dans les fiscalités royale et ecclésiastique.

Or, à partir des années 1775, parce qu'ils ont besoin d'argent, mais aussi pour retrouver une véritable identité – fiscale, politique, etc. –, un certain nombre d'aristocrates décident donc de faire retrouver, recopier et réévaluer ces terriers. Avec la baisse du prix de l'argent, leurs revenus ont été fortement diminués. Cela suscite des émeutes dans toute la France et les troupes royales, appelées par les seigneurs, interviennent.

Parallèlement, il y a l'affaire de l'édit de Ségur en 1781. Ségur, ministre de Louis XVI, fait adopter un édit interdisant que le commandement des régiments du roi et les grades supérieurs de l'armée soient accordés à des officiers qui ne pourront pas montrer moins de quatre quartiers de noblesse. Cela signifie que quiconque ne peut prouver la noblesse de son arrière-grand-père ne peut devenir officier supérieur de l'armée. Voilà qui plonge dans l'affliction un grand nombre de jeunes aristocrates qui espéraient bien pouvoir profiter des écoles militaires pour devenir généraux et porter la gloire française sur les champs de bataille. Deux noms de carrière remises en cause : Choderlos de Laclos, qui, du coup, « boude » et passe son temps à écrire un des plus beaux morceaux de la littérature française, et Napoléon Bonaparte.

Quoi qu'il en soit, l'édit de Ségur témoigne de plusieurs choses :

- le souci pour la noblesse de retrouver une véritable identité militaire qu'elle a perdue, et perdue depuis bien longtemps ;
- l'acceptation par un roi qui, pourtant, paraissait comme un éclairé, Louis XVI, de cette hiérarchie plaçant la noblesse d'épée au-dessus du reste de la population ;
- l'interrogation sur les causes des échecs militaires de la France : l'héritage de 1763 – le fiasco de la

guerre de Sept Ans – et l'enlisement dans la guerre de libération des États-Unis.

4 – Le contrôle des esprits

Tout cela fait que les conservateurs marquent à plusieurs reprises, au cours des règnes de Louis XV et de Louis XVI, des points très importants. Ils sont d'ailleurs marqués avec d'autant plus de force que les esprits sont de mieux en mieux contrôlés. Ainsi, les circuits de distribution de l'*Encyclopédie* – ou des avatars de l'*Encyclopédie* – sont, à partir des années 1775-1776, fermement pris en main par les services de la censure royale. Monsieur de Miromesnil fait contrôler tous les ballots d'imprimés qui viennent d'Angleterre, des Pays-Bas ou de Suisse pour vérifier qu'ils ne transportent point d'écrits séditieux.

Ce contrôle des esprits aboutit immanquablement à un renforcement des pouvoirs de police. À ce sujet vit un personnage remarquable à la fin du XVIIIe siècle : Lenoir. Ce policier a tenu à jour la totalité des enquêtes qu'il a fait faire sur l'ensemble du monde des Lumières. Les hommes des Lumières – Diderot, Rousseau, Voltaire, etc. – sont suivis, pistés, par des agents de police pratiquement jour et nuit. Cet encadrement de la population a bien été mesuré par Arlette Farge dans son travail sur les archives de la police de la fin de l'Ancien Régime. Ses travaux mettent en relief la façon dont monte, au sein du pouvoir en place, dans ce XVIIIe siècle finissant la peur de perdre le contrôle de la population. Cette peur est inédite : jusqu'alors, le roi était convaincu que, oint, sacré, touchant les écrouelles, il ne pouvait être qu'aimé du peuple.

Chapitre VI

Une crise de moins en moins tolérable

I – Le « seigneur déficit »

Rappelons très rapidement la question du déficit. Il est tout d'abord considérable ; estimé par Necker, confirmé par Calonne puis par Loménie de Brienne, il concerne plusieurs millions de livres tournois. Ce déficit n'est pas causé, comme cela est dit, par les dépenses scandaleuses de la cour, mais est lié aux investissements militaires, et en particulier la charge très lourde qu'a représentée la participation à la guerre d'indépendance des États-Unis. Ce « seigneur déficit » est également lié à la baisse des revenus fiscaux, conséquence d'un renversement de la conjoncture climatique : à partir des années 1770-1775, les récoltes sont un peu moins bonnes.

Si l'on parle de « seigneur déficit », c'est que la politique royale, fait nouveau, est commandée par la nécessité de rembourser ce déficit et de renflouer les caisses de l'État. Cela devient une véritable obsession, qui explique le retentissement de la fameuse affaire du collier de la reine ; les dépenses de l'État sont devenues une véritable préoccupation de l'opinion publique.

En effet, depuis le XVIIe siècle, les rois ne peuvent plus disposer d'un moyen commode pour combler leurs déficits, celui qui consistait à brûler leurs banquiers ou à spolier leurs héritiers. Jusqu'au XVIIe siècle, cette méthode expéditive est une formule classique que François Ier, par exemple, a utilisée à plusieurs reprises. Pensons également à Philippe le Bel avec les Templiers ou à Charles VII avec Jacques Cœur. Cela permettait de récupérer l'argent du malheureux banquier et de répondre à l'urgence budgétaire. Cela n'est plus possible par la suite. Déjà, au XVIIe siècle, la possibilité était extraordinairement limitée ; au XVIIIe siècle, les banquiers sont les maîtres. Cela est prégnant, on l'a vu, dans le *Turcaret* de Lesage. Hors fiction, cette omniprésence de la finance est véritablement patente avec, par exemple, la présence auprès du roi Louis XVI d'Étienne Clavière, grand banquier libéral et protestant.

2 – Le retour des crises

Ce « seigneur déficit » empêche réellement le roi d'accomplir son métier, c'est-à-dire qu'il l'empêche de subvenir aux besoins d'une population frappée par le retour des crises. En 1769-1770, une première disette réapparaît ; elle est suivie par plusieurs autres et, en 1780-1787, plusieurs mauvaises récoltes se succèdent et lancent sur les chemins des hordes de paysans armés de fourches et de faux. C'est la résurrection des colères paysannes, qu'on pensait disparues depuis la fin du

XVIIe siècle. Accompagnant le retour des émeutes rurales, les phénomènes de vagabondage se multiplient (ils sont par exemple enregistrés par l'intendant du Dauphiné dans un rapport de 1787), le chômage se développe à Paris, la peur qu'éclatent des émeutes de la faim s'installe dans toutes les villes. C'est d'ailleurs le cas à Paris en 1789. Ce n'est alors plus seulement « le mur murant Paris [qui] rend Paris murmurant » : en avril 1789 éclate dans le faubourg Saint-Antoine une émeute qui fait plusieurs dizaines de morts autour du producteur de papier peint Réveillon. L'émeute Réveillon est en quelque sorte la première grande émeute parisienne de l'époque révolutionnaire. Ces crises affectent donc les villes comme les campagnes dans l'ensemble du pays et viennent aggraver encore l'écho de crises politiques beaucoup moins graves en apparence, comme la confrontation avec le parlement de Bretagne ou l'affaire du collier de la reine.

On dénonce l'impuissance du roi, dès 1789, dans un certain nombre de pamphlets qui se distribuent autour de Paris. Le principal concerné, Louis XVI, a conscience de son impuissance. La convocation des états généraux est la conséquence d'une série de tentatives avortées entre 1787 et 1788, ce qu'on a pu appeler les crises des parlements. Elles ont par exemple abouti à Grenoble, le 7 juin 1788, à la « journée des Tuiles » au cours de laquelle les Grenoblois, pour défendre les parlementaires, ont lancé des tuiles sur les troupes royales. Dès le mois de mai 1788, Louis XVI a demandé que soient organisés des états généraux et, en janvier 1789, il fait appel aux Lumières de la France pour proposer des réformes permettant d'améliorer la situation du royaume. Cela revient à ouvrir les vannes de la liberté d'expression ; c'est ce geste qui ouvre la période de très grande liberté qui ne s'achèvera qu'en 1792.

3 – L'appel aux états généraux

Cet appel aux états généraux passe par deux processus certes liés, mais qu'il est important de distinguer. Tout d'abord, l'étape de la rédaction des cahiers de doléances : appeler les états généraux, c'est faire appel à la réunion des trois ordres – noblesse, clergé, tiers état – selon la procédure qui avait été utilisée la dernière fois qu'ils avaient été réunis, c'est-à-dire il y a bien longtemps, en 1614. Les trois ordres, qui sont appelés par le roi pour venir l'aider à résoudre une crise, doivent répondre à cet appel en faisant des propositions, qu'ils rédigent sous la forme des cahiers de doléances. Nous avons donc des doléances du clergé, des doléances de la noblesse et puis celles qui sont le plus connues, des doléances du tiers état.

Ces cahiers de doléances sont rédigés dans chaque paroisse pour le tiers état, puis rassemblés et synthétisés à l'étage supérieur, c'est-à-dire au bailliage

– l'équivalent du canton aujourd'hui. Ces cahiers sont ensuite transmis directement au roi.

Ils sont en général constitués de deux parties. Une première partie propose des réformes générales du royaume et une autre consigne pour chaque paroisse les plaintes face à l'excès des impôts féodaux, à la cruauté des agents du roi, à la cherté du blé, etc. Des revendications extrêmement locales donc, dont l'étude a été menée depuis longtemps déjà, tant elles s'avèrent constituer une documentation particulièrement précieuse.

La deuxième partie, en revanche, traite de la réforme du royaume et est souvent la copie de modèles dont on connaît bien un certain nombre d'auteurs, comme Mounier, Barnave ou Mirabeau qui en a rédigé plusieurs. Les auteurs des cahiers de doléances nous sont parfois bien connus et certains deviendront célèbres.

Cet appel aux états généraux permet d'abord cette production d'une pensée politique partagée par tout un peuple. Un ouvrage célèbre, signé Pierre Goubert et Michel Denis, était intitulé *1789, les Français ont la parole* ; c'est une réalité difficilement cernable qu'on aurait aujourd'hui beaucoup de mal à faire fonctionner à un tel niveau. Dans tous les villages, effectivement, les paysans se sont rassemblés ; dans toutes les villes, les citadins se sont rassemblés, pour rédiger ces appels.

Le deuxième élément préalable à la tenue des états généraux est l'élection des députés. Celle-ci se fait à l'échelle des évêchés pour les députés du clergé, à l'échelle des gouvernements pour les députés de la noblesse et à deux niveaux, paroisse puis bailliage, pour les députés du tiers état.

Très vite se posent un certain nombre de questions, dont la plus célèbre est celle qui concerne le mode de prise de décision par les états : faut-il reprendre ce qui se passait sous Louis XIII en 1614, c'est-à-dire le système du vote par ordre, un ordre, un vote ? Ou faut-il adopter le vote par tête, c'est-à-dire un député, une voix ? Et d'autre part, faut-il perpétuer l'égalité en nombre entre élus de la noblesse, élus du clergé et élus du tiers état, alors que ces derniers regroupent une majorité écrasante ? Ce débat-là passe très vite à l'échelle nationale, ce que traduit le célèbre pamphlet de l'abbé Sieyès en janvier 1789 : « Qu'est-ce que le tiers état ? Tout. Qu'a-t-il été jusqu'à présent dans l'ordre de la Nation ? Rien. Qu'aspire-t-il à y devenir ? Quelque chose. » Ce pamphlet répond à une décision de décembre 1788 traduisant un esprit de consensus un peu maladroit de la part du roi : il est décidé que les députés du tiers état seront deux fois plus nombreux que les députés de la noblesse et du clergé (578 députés du tiers état, 270 députés de la noblesse, 291 députés du clergé), mais que le vote par ordre sera maintenu. Une demi-mesure qui signifie que le poids du tiers état reste strictement inchangé face à la coalition traditionnelle des deux ordres privilégiés.

Or, en janvier 1789, j'insiste, le roi a donné à tout un chacun la liberté de s'exprimer. Cette solution mal taillée fait que les états généraux qui s'ouvrent le 4 mai

1789 commencent sur les bases d'un mécontentement absolument comparable et proportionnel à l'espoir de réforme du royaume et à l'espoir de résolution des problèmes économiques. Ils commencent finalement dans une situation de tension que la monarchie n'avait auparavant jamais connue à ce niveau.

Troisième partie

Le temps des révolutions 1789-1799

Introduction

I – La Révolution dans l'historiographie

De mai 1789 à novembre 1799, de l'ouverture des états généraux à la prise du pouvoir par Napoléon Bonaparte, les événements s'enchaînent d'une manière extraordinaire, de sorte que, selon la formule consacrée, la France rompt avec un millénaire, ou presque, de tradition monarchique. En effet, en dix années, la France a connu une quantité impressionnante d'expériences institutionnelles nouvelles : une monarchie constitutionnelle, une république, une république collective, pour aboutir au Consulat. Cette mutation politique se déroule dans un contexte passionnel plus important encore, au sein duquel les contemporains ont conscience de vivre une révolution. Dès le mois de décembre 1789 commence à apparaître l'expression d'« Ancien Régime » pour désigner la monarchie absolue ; c'est dire la rapidité avec laquelle ils intègrent le fait qu'une page est tournée et, l'espèrent-ils, définitivement tournée.

Cette période d'une très grande intensité a naturellement fait l'objet d'une fascination qui reste aujourd'hui sensible ; on se souvient des passions déployées à l'occasion du bicentenaire de la Révolution française en 1989.

La Révolution apparaît aujourd'hui encore comme, un peu à l'instar de la période de 1940-1944, « un passé qui ne passe pas », pour reprendre l'expression d'Éric Conan et Henry Rousso. L'historiographie en a de fait été passionnée dès l'origine ; on peut y distinguer cinq époques et cinq catégories.

La première, dans l'ordre chronologique, c'est celle de « l'histoire désespérante », selon la belle formule de Gérard Gengembre forgée par la contre-révolution et les émigrés revenus de leur exil. Elle survit encore aujourd'hui dans la nostalgie mélancolique des martyres des curés exécutés par les féroces révolutionnaires et des aristocrates contraints de fuir leur confort éclairé pour rejoindre les convois d'une épouvantable migration.

Cette légende noire de la Révolution a été immédiatement contrebalancée par la naissance d'une histoire socialiste qui apparaît dès les années 1820 sous la plume d'un certain nombre de chercheurs aussi discrets qu'érudits, comme Philippe Buchez et Célestin Roux et qui s'est déployée jusqu'à exister encore aujourd'hui sous une forme évidemment très différente. Cette histoire promeut la période révolutionnaire comme l'émergence de la puissance des classes sociales les plus basses de la population et l'affirmation du droit de chacun à être politiquement, indépendamment de sa richesse, de sa fortune et de sa naissance.

L'histoire positiviste, elle aussi, est d'abord marquée par le souci d'érudition. Elle naît dans les années 1830-1840, le terme « positiviste » désignant évidemment une catégorie commode qui marque un très fort attachement aux valeurs véhiculées par les Girondins. Elle a été portée par de très grands noms de l'histoire de France : Adolphe Thiers, François Guizot ou Ernest Lavisse ; éventuellement les deux noms d'Alphonse de Lamartine et, dans une moindre mesure, de Jules Michelet, peuvent y être associés.

On voit également apparaître, bien plus tardivement, dans le cadre de la guerre froide des années 1950, une histoire véritablement libérale, diminuant la spécificité de l'épisode révolutionnaire français qui se trouve noyé dans ce que l'on a pu appeler le « temps des Révolutions ». D'autre part, les effets réels de cette période révolutionnaire se trouvent diminués : elle n'aurait finalement pas changé en profondeur un certain nombre de réalités sociales de la France. C'est une histoire qui peut être incarnée par le grand nom de François Furet.

Aujourd'hui enfin, on a toujours l'impression que l'histoire que l'on connaît est la meilleure. Ce que l'on peut appeler la nouvelle histoire de la Révolution française – avec des noms comme Roger Chartier, Michel Vovelle, Hervé Leuwers, Pierre Serna – semble finalement synthétiser les apports de ces différentes écoles en les couplant aux méthodes de l'anthropologie, de la sémiologie et des sciences humaines en général nées dans le grand moment intellectuel du XXe siècle.

Cinq écoles pour cinq époques donc, qui sont fréquemment en lutte les unes contre les autres, tant la Révolution, « fondatrice » de notre système républicain, possède cette faculté à mêler l'idéologie à l'historiographie.

2 – L'ÉVOLUTION DE LA FIGURE DU MONARQUE

Je crois que le phénomène le plus marquant est celui lié à la fin – à la mort pourrait-on dire – de la monarchie, voire à la mort du monarque. On se souvient que le XVIIIe siècle n'avait connu pratiquement qu'un seul règne, celui de Louis XV entre 1715 et 1774. Ce règne, commencé par un roi mineur et achevé par un roi gâteux, avait été marqué par une profonde évolution de la figure royale. Louis le Bien-Aimé, réformateur, défenseur des Lumières, était peu à peu devenu un personnage discrédité, moqué, méfiant, vivant dans la compagnie sulfureuse de maîtresses, souvent – scandale – roturières d'origine, comme c'est le cas de la Du Barry, dont il faisait des nobles au petit pied. Ce monarque qui avait renvoyé dans l'ombre de la charité et de la piété chrétienne, voire de la bigoterie, sa reine Marie Leszczyńska, est resté comme celui qui est mort dans les souffrances de la petite vérole avant d'être enterré presque clandestinement en la basilique de Saint-Denis par une sinistre journée de 1774.

Ce Louis XV laisse le personnage même du monarque dans un état politique détestable que le jeune

Louis XVI ne parvient jamais à redorer. Le personnage politique du monarque n'est en effet plus celui qu'il était dans les siècles précédents. Pour des raisons personnelles tant que politiques, Louis XVI est dans la difficulté quand il s'agit de mettre en place les réformes qu'étaient parvenus à imposer des rois comme Henri IV, Louis XIV, ou avant eux Philippe Auguste. Il est par ailleurs, bien sûr, bien loin du personnage incarné par saint Louis.

Louis XVI a en effet été également incapable de s'imposer sur le plan symbolique comme un véritable roi. D'abord, il n'a jamais fait la guerre ; ce n'est pas sa personnalité. Or, un roi qui ne fait pas la guerre ne s'est jamais vu, à l'exception peut-être de Jean Ier le Posthume, qui ne vécut que cinq jours, ou dans les légendes de certains rois fainéants de l'époque mérovingienne, bien que beaucoup d'entre eux soient effectivement morts à la guerre.

Louis XVI ne fait pas la guerre, il la fait faire ; il la fait faire pour les États-Unis. Non seulement le conflit est trop loin pour l'opinion, mais encore, quand la guerre est terminée, même si la France semble avoir contribué à la victoire états-unienne, les traités signés avec l'Angleterre apparaissent comme assez défavorables pour la diplomatie française. Louis XVI n'est donc définitivement pas un roi guerrier. En réalité il ne l'est déjà pas dans son apparence : sa bonhomme rondeur est bien plus un défaut qu'une qualité.

Le deuxième élément, c'est que Louis XVI n'est pas un roi comme celui auquel les Français, avec les personnages de François Ier, d'Henri IV, de Louis XIV, voire du jeune Louis XV, se sont habitués. Il n'est ni un coureur de jupons amateur de femmes, ni un mari idéal comme avait pu l'être – au moins en apparence – Louis XIII. Il est un homme dont la virilité monarchique est assez rapidement remise en question.

Certes, les pamphlets des années 1780 mettent en accusation son entourage, en particulier les mauvaises fréquentations de sa jeune épouse Marie-Antoinette, mais le fait est qu'il a beaucoup de difficultés avec son épouse à avoir un héritier. Cela se fait en 1781, avec la naissance de Louis-Joseph, au grand soulagement de l'opinion publique. Très visiblement, la relation entre les deux époux n'est pas une relation idéale à montrer au public. Elle n'est clairement pas de celles qui permettraient d'affirmer à tout un chacun que le miracle capétien pourra se poursuivre – même si ce miracle capétien a déjà été par deux fois dérivé, vers les Valois puis les Bourbons.

Ce roi, qui n'est donc ni un roi guerrier ni un roi viril, n'est pas non plus un roi magique par son sacre. La cérémonie du toucher des écrouelles à laquelle il se plie le jour de son sacre ne sera jamais renouvelée ; il n'aime pas cette tradition qui le répugne. Il est intéressant de voir dans cette considération non du mépris, mais le signe que Louis XVI est bien un homme des Lumières pour lequel le rapport à la maladie n'est plus un rapport magique, mais devient un rapport scientifique marqué par des sortes de préoccupations hygiéniques ; il est par exemple l'un des premiers à se faire varioliser, ainsi que sa famille. On voit déjà derrière cette répulsion assez nouvelle du roi face à la cérémonie fondamentale, comme l'a bien montré Marc Bloch, des écrouelles, comment ce roi marque une vraie réticence face à l'image du Prince absolu de droit divin, une image finalement en profonde distorsion avec la société des Lumières.

Chapitre I

Une monarchie dans l'impasse

La distorsion entre le personnage du roi et l'homme des Lumières qu'est Louis XVI permet de comprendre comment s'effondre définitivement – jusqu'à nos jours du moins – la monarchie absolue.

La période 1789-1799 peut facilement se diviser en trois temps. Le premier à nous intéresser ici est celui de l'impossible réforme monarchique. De mai 1789 à août 1792, la France tente en effet l'expérience de la monarchie constitutionnelle, telle qu'elle existe dans le royaume britannique, véritable modèle et fascination pour le monde politique du XVIIIe siècle. La mise en place de ce projet s'étend de l'ouverture des états généraux jusqu'au 9 juillet de la même année – j'aime bien cette date un peu rare, parce que c'est celle qui voit le roi accepter la formation de l'Assemblée nationale constituante et donc entériner lui-même l'existence de la monarchie constitutionnelle. Donc, entre le 4 mai 1789 et le mois de juillet, le roi et son entourage sont confrontés à la pression multiforme de cette exigence de réformes.

I – La pression des états généraux

Il y a d'abord une pression qui émane des états généraux eux-mêmes. On se souvient qu'il y a 615 députés du tiers état face à 278 députés de la noblesse et 295 députés du clergé. Naturellement, cela constitue une masse de députés qui s'opposent à ceux que l'on considère comme les privilégiés d'autant que, parmi ces privilégiés, certains sont eux-mêmes assez convaincus qu'en effet, il faut que la monarchie change – on pense par exemple à l'abbé Grégoire ou au marquis de Lafayette.

Ces états généraux sont donc réunis selon les formes utilisées en 1614, mais une majorité de députés en son sein sont conscients qu'il faut que le roi cède un peu de ses pouvoirs et qu'il gouverne avec l'aide de cette assemblée, comme cela se fait en Angleterre.

Il y a par ailleurs, parmi ces députés, certains qui, au contraire, sont convaincus que la solution à tous les problèmes est le retour à l'Ancien Régime. Parmi ces députés extrêmement raides dans leurs certitudes absolutistes se place le frère du célèbre Mirabeau, dont la corpulence explique qu'on l'appelle « Mirabeau tonneau », qui est absolument convaincu que toute réforme de la monarchie absolue signe la marche vers les enfers et la damnation de la France.

Cette situation aboutit à une série de confrontations autour des thématiques de la réforme et du prix à payer pour le roi s'il veut effectivement obtenir l'argent pour remplir ses caisses. On connaît évidemment le moment célèbre du 20 juin 1789, le serment du Jeu de paume, au cours duquel les députés du tiers, rejoints par un certain nombre de députés de la noblesse et du clergé, comme l'abbé Grégoire, se réunissent autour de Jean-Sylvain Bailly et jurent de ne point se séparer avant d'avoir donné une constitution à la France.

La réaction du roi trois jours après est vaine, Mirabeau ayant répondu au marquis de Dreux-Brézé selon une parole aussi belle qu'apocryphe : « Nous sommes ici par la volonté du peuple et nous n'en sortirons que par la force des baïonnettes. » Cette confrontation concerne donc le monde des états généraux qui progressivement se transforment, volontairement et contre le désir du roi, en assemblée constituante.

2 – La pression populaire et médiatique

Si ce rapport de force peut exister à Versailles, là où se réunissent effectivement les états généraux, c'est que d'autres pressions viennent inquiéter le pouvoir monarchique.

La première pression est bien sûr celle liée très largement aux crises sociale, frumentaire et industrielle. Cette pression existe tant dans les campagnes, où des émotions populaires commencent à naître face aux saisies de blé dès le lendemain des semailles 1789, donc à la fin du printemps, que dans les villes, où des émeutes éclatent çà et là – nous avons déjà évoqué l'affaire Réveillon. Dans la bonne ville de Caen par exemple, un régiment de dragons est appelé au mois de juin pour tenter de rétablir l'ordre face au peuple inquiet pour son pain.

L'esprit public, dans toute la France, a été éveillé par la préparation des états généraux : depuis le début de 1789, dans toutes les paroisses, dans toutes les assemblées de métiers, les sujets du Roi se sont rassemblés pour élire leurs députés (pour le tiers, ces députés se réunissent ensuite eux-mêmes au baillage pour élire leurs députés aux états généraux) ; au cours de ces assemblées, ils ont rédigé des cahiers de doléances dans lesquels sont exposées leurs revendications et leurs attentes. On dispose ainsi d'un extraordinaire document (40 000 cahiers conservés) sur l'état d'esprit de la France de 1789. Il montre bien comment, de toutes parts, monte la colère contre le système féodal et ses abus et comment, aussi, l'angoisse fondamentale pour les paysans est celle du pain et de la subsistance.

Tout cela est relayé par une pression que l'on peut appeler, de façon anachronique, « médiatique » extrêmement forte. En janvier 1789, Louis XVI avait donné la parole aux gens éclairés du royaume. Ces derniers ont donc commencé à produire par centaines des pamphlets destinés à proposer des réformes monarchiques et des projets de droits de l'homme. Des journaux commencent également à paraître : celui de Jacques-Pierre Brissot, *Le Patriote Français*, celui de Camille Desmoulins, *Les Révolutions de France et de Brabant*, celui d'Élysée Loustalot, *Les Révolutions de Paris*. Ils sont de plus en plus diffusés et criés dans les rues, modifiant l'espace public de la contestation politique.

Ces différentes pressions modifient donc le rapport de force entre le roi ou, plus exactement, le parti conservateur de l'absolutisme qui gravite autour du roi, et ce que l'on commence à appeler le parti patriote, le parti réformateur, rassemblé aux états généraux devenus assemblée constituante.

La réaction du roi est paradoxale – Louis XVI reste un homme de paradoxes. D'une part, il reconnaît le 9 juillet que l'Assemblée nationale constituante existe et il demande à tous les députés de la noblesse et du clergé de s'y intégrer ; d'autre part, il favorise l'agglomération autour de Paris d'un certain nombre de régiments, comme le Royal Champagne ou le Royal Artois, laissant penser qu'il a assez fermement accepté l'idée de reprendre les choses en main par la force des sabres.

3 – La prise de la Bastille et ses conséquences

Or, cela se sait. Que le désir de sabrer l'Assemblée nationale constituante soit caricaturé, c'est possible ; que la rumeur enfle le risque, c'est probable ; quoi qu'il en soit, c'est à Paris que cette rumeur prend un tour dramatique puisque, entre le 12 et le 14 juillet, l'ensemble du Nord, de l'Est et du Sud parisiens semble se soulever. Ces populations, chauffées par cet ensemble médiatique dont nous avons parlé, excitées par une période où la faim règne – les récoltes, qui s'annoncent meilleures, ne sont pas encore engrangées et Paris est donc difficilement fournie en pain –, vont chercher des armes. Elles les trouvent d'abord à l'arsenal des Invalides, avant de se rassembler pour trouver la poudre nécessaire autour de la Bastille, immédiatement perçue comme le symbole de l'arbitraire royal. Cette vision est très largement anachronique, ou plus exactement dépassée, mais c'est bien ainsi que la Bastille est vécue et c'est finalement cela qui est important.

La Bastille est prise en quelques heures et au prix d'une centaine de morts ; l'opération militaire n'est pas anodine. Le gouverneur de la Bastille ainsi que le prévôt des marchands, de Launay et Flesselles, sont exécutés par la foule et, dans un rituel hérité à la fois des temps de carnaval et des grandes traditions de l'émeute populaire, leurs têtes sont placées au bout de piques et placées en tête du cortège.

Les conséquences de cet épisode sont multiples. D'abord, très rapidement, il y a institutionnalisation de l'émeute puisque se constitue une garde parisienne, dont le commandement est confié à Lafayette, ainsi qu'une nouvelle municipalité parisienne. Tout cela se déroule véritablement en quelques jours, dans une capacité d'innovation institutionnelle particulièrement frappante. Jean-Sylvain Bailly est nommé maire de Paris et la ville elle-même est redécoupée en mai 1790 : les soixante districts de Paris deviennent quarante-huit sections.

À Paris, la conséquence est donc immédiate : une mutation institutionnelle radicale qui fait passer Paris d'institution fondée sur des logiques de validation monarchique, des logiques religieuses et des logiques corporatives, à des institutions fondées sur des logiques de types démocratique, électif et représentatif.

La deuxième conséquence, elle, a lieu en haut de l'édifice politique. Le roi est d'abord surpris – le 14 juillet, il participe à une chasse dont il rentre bredouille, comme l'indique en fait le célèbre « rien » indiqué dans son carnet de chasse. On sait que c'est son entourage qui le réveille en lui disant « Sire, le peuple de Paris s'est révolté » et qu'il répond : « Ah, c'est une révolte. » « Non, Sire, lui dit-on, c'est une révolution. » Les formules sont évidemment célèbres. Il lui faut quelques heures pour se rendre compte de la gravité des événements et accomplir, le 17 juillet, une entrée royale à Paris, comme l'avait finalement fait l'ensemble de ses prédécesseurs : avec un cortège ritualisé dont il prend la tête et les nouvelles élites parisiennes venant à sa rencontre pour lui remettre les clés de Paris et le nouveau symbole de l'État transformé : la cocarde tricolore.

Cette cérémonie est intéressante à double titre : d'abord parce qu'elle marque le fait que, dans l'esprit de Louis XVI, somme toute, c'est dans les vieilles marmites que l'on fait les meilleures soupes de l'union nationale et que donc, s'il entre à Paris comme un roi, comme d'habitude, il va remettre le couvercle sur la marmite révolutionnaire en train de bouillir et garder le peuple parisien au frais ; d'un autre côté, cela signifie également que le roi Louis XVI accepte les clés et la cocarde qui lui sont remises par des institutions qu'il n'a pas validées et qui lui ont été imposées par la violence révolutionnaire. Autrement dit, cela veut dire, du point de vue de ceux qui lui remettent les clés, qu'il accepte le fait établi et donc le fait révolutionnaire.

On le voit, cette confrontation de deux lectures différentes du même événement ne peut aboutir qu'à une incompréhension qui se perpétue régulièrement.

Dans les campagnes, affolées par des rumeurs similaires à celles qui ont enflé en juillet 1789, les révoltes éclatent entre le 15 juillet et le 4 août. Cette « Grande Peur » des campagnes embrase littéralement la totalité du territoire et amène les paysans qui cherchent des loups, des brigands allemands, ou tout simplement quelqu'un à tuer, à se retourner contre ceux qui les oppriment d'habitude : leurs seigneurs. Alors que l'habitude dans les révoltes paysannes, lorsqu'elles sont victorieuses, est le découpage en rondelles des seigneurs parfois suivi de leur pure et simple consommation – les phénomènes de cannibalisme paysan sont des phénomènes bien connus entre le XIVe et le XVIIe siècle –, cette fois-ci, le siècle des Lumières a fait son œuvre et on brûle les terriers et les coutumiers, autrement dit toute cette documentation que, pendant la période de la réaction féodale, les seigneurs avaient eu soin de faire réécrire. On s'attaque finalement à ce qui fait concrètement la pression féodale sur le monde paysan ; on s'attaque au système fiscal de la féodalité en lui-même.

On s'attaque également aux symboles : on brûle des bancs seigneuriaux et des châteaux, mais il y a globalement très peu de morts pour un mouvement d'ampleur nationale. Quoi qu'il en soit, cela fait très peur, en particulier aux députés de la noblesse qui sont réunis à Versailles.

4 – La nuit du 4 août : fuite des élites et contrôle du roi

Dans un grand élan enthousiaste et spontané, ces députés décident d'abandonner les privilèges et les droits féodaux. C'est la fameuse nuit du 4 août, dont le caractère spontané est bien sûr un mythe, immédiatement célébré par ceux qui souhaitent que la Révolution reste ce qu'elle est, c'est-à-dire un mouvement à la fois un peu pacifique, un peu populaire et surtout pas trop radical.

Donc, au cours de la nuit du 4 août, les députés adoptent l'abolition des privilèges et le rachat des droits féodaux – les privilèges sont ce qui donne l'apparence de la noblesse, les droits sont ce qui permet d'avoir des sous. Il y a donc déjà deux poids, deux mesures.

Cette nuit du 4 août accélère une réaction qui prend rapidement de l'ampleur : la fuite d'une partie des élites. Les tantes du roi s'enfuient pratiquement les dernières, mais, avant elles, les frères du roi, Charles d'Artois et Louis de Provence, sont partis, ainsi qu'un certain nombre de très grands aristocrates. À Paris même, une presse aristocratique et religieuse, qui défend les valeurs anciennes, commence à apparaître, illustrée notamment *L'Ami du roi* de l'abbé Royou et *Les Actes des apôtres* d'Antoine de Rivarol.

Quoi qu'il en soit, le rapport des forces est très en faveur du parti – si tant est qu'il soit encore unique – qu'on appelle le parti patriote, c'est-à-dire le parti favorable à l'installation d'une monarchie constitutionnelle. Le roi doit par conséquent entériner un certain nombre de textes absolument inenvisageables pour lui comme, le 26 août 1789, la Déclaration des droits de l'homme et du citoyen. Inenvisageables parce qu'on rappelle que la monarchie absolue de droit divin est fondée sur l'idée qu'il y a trois ordres, essentiellement différents : le clergé qui est lié à la consécration, donc à un sacrement religieux, la noblesse qui est liée au sang, donc à la seule hérédité, et le reste. L'acceptation de la Déclaration des droits de l'homme et du citoyen par Louis XVI est probablement un déchirement idéologique, philosophique et théorique pour lui qui a été élevé comme un roi, né dans la certitude que s'il touche les écrouelles, il peut les guérir, bien qu'il n'aime pas ça. Mais on comprend bien la rupture : dans un premier temps, il refuse d'ailleurs de sanctionner les décrets de la nuit du 4 août et la Déclaration des droits de l'homme.

Cette tension du roi se mesure à de très nombreuses reprises au point que, très vite, une partie de l'opinion publique est en effet convaincue que, pour faire confiance au roi, il faut le contrôler. C'est ce qui explique qu'à l'automne 1789, lors des journées des 5 et 6 octobre, une manifestation parisienne se rend à Versailles, menée par les femmes dont le rôle politique commence à prendre une vraie importance et suivie avec retard – c'est un peu sa règle de conduite – par Lafayette. Cette manifestation a pour conséquence de forcer le roi à sanctionner les décrets d'août et de faire revenir à Paris ceux que les manifestants appellent le boulanger, la boulangère et le petit mitron, c'est-à-dire le roi, la reine et le dauphin, Louis. Cloîtrés par la suite à Paris, ils ne reviendront plus jamais à Versailles.

Il s'agit bel et bien ici de surveiller l'exécutif, le chef, dans le sens de « tête », de l'État. Cette idée de surveillance amène un certain nombre de réactions, en particulier de la part des défenseurs du roi qui commencent à se mobiliser et à envisager des actions militaires. En 1790 à plusieurs reprises, puis entre 1790 et le 10 août 1792, les tentatives pour libérer le roi se sont multipliées, la plus célèbre d'entre elles étant évidemment la désastreuse fuite à Varennes.

Chapitre II

Un pays en mutation

Pendant que le roi et les partisans de l'absolutisme s'agitent – un peu en vain, car les faits des rapports de force sont têtus –, les députés changent la France et tentent de mettre en place une monarchie constitutionnelle assez largement inspirée par l'exemple anglais. Elle suppose un système de suffrage censitaire, une valorisation des talents et des systèmes de contrôle de l'opinion – c'est l'Assemblée nationale constituante qui met notamment en place le Comité de sûreté générale. En même temps qu'ils ont cette réflexion politique complexe et contradictoire, au succès que l'on peut juger rétrospectivement extrêmement mitigé, ils se livrent à une nouvelle organisation capitale : les départements. La France sera divisée en 83 départements ; cela est acté dès le mois de janvier 1790. La postérité d'une mesure qui unifie le territoire et rapproche les citoyens du pouvoir est immense.

Ils trouvent dans le même temps le moyen de combler le déficit en récupérant les biens du clergé. On se souvient que le clergé a perdu ses privilèges et qu'à partir de ce moment-là se pose très clairement la question de savoir comment va pouvoir être légitimée sa position prééminente dans l'appareil français : il n'a plus de privilège, plus d'essence particulière. Très vite, un certain nombre de prélats futés, c'est évidemment le cas de Talleyrand, l'évêque d'Autun, qui est probablement l'un des hommes les plus intelligents de la période, suggèrent que le clergé doit prendre les devants et proposer lui-même les moyens de sa propre réforme. C'est Talleyrand qui propose et fait voter par l'Assemblée nationale la mise à disposition des biens du clergé, dont l'une des corollaires est la fermeture des couvents. À partir du début de 1790, tous les couvents sont fermés et les biens fonciers du clergé – considérables, estimés à 10 % du territoire national – sont à redistribuer. Ceci impose bien sûr une réflexion en profondeur sur les revenus à inventer pour le clergé, désormais privé de ses ressources coutumières.

À ceux-ci s'ajoutent ultérieurement les biens de ceux qui ont fui la France et qui donc l'ont trahie, des émigrés et de tous ceux qui ont été punis par la République. Cela constitue une masse de biens fonciers à la disposition de la nation et effectivement redistribués – en fait vendus – entre 1790 et 1794.

I – Vers une monarchie constitutionnelle ?

Avant 1789, le seul propriétaire de la terre en France, le propriétaire éminent, c'était le roi. À partir de 1789, les propriétés deviennent privées, marquées par l'inviolabilité des Droits de l'homme : la liberté, l'égalité, la sûreté et la résistance à l'oppression. La propriété et donc l'accès à la propriété foncière sont pour le monde paysan une libération, une promesse de bonheur. Pour tout important toutefois qu'est cet accès, il reste très limité puisque seuls ceux qui ont un peu d'argent peuvent acheter la terre. Malgré tout, le principe est acquis.

Désormais, la terre appartient aux paysans. Pour le XIXe siècle, ce sentiment d'appropriation de la terre est un élément fondamental, tant sur les plans politique et social que culturel. Le territoire, la terre, le système fiscal et l'économie tout entière sont revisités par des députés qui ont été formés pour beaucoup d'entre eux par la physiocratie et le temps des Lumières. Les lois d'Allarde et Le Chapelier – en fait des décrets, qui ne deviennent lois qu'ultérieurement –, qui ont longtemps été dénoncés par l'historiographie socialiste comme des lois qui empêchaient la grève et les syndicats, sont pourtant des lois véritablement révolutionnaires. Elles brisent le système corporatiste, qui liait l'employé à son maître – ce n'était pas un patron, c'était un maître – ainsi que ce système de solidarité, qui était à la fois un système de protection et de coercition.

De la même façon, l'interdiction des coalitions ouvrières garantit la continuité de la production. Il ne faut pas lire les décrets d'Allarde et Le Chapelier sans comprendre que dans le même temps sont abolis progressivement les octrois, tandis que l'on tente de libéraliser au maximum les prix et le commerce et de mettre en place un système de type libéral fondé sur une révolution monétaire avec l'invention de l'assignat.

Pour faire court, sous l'Ancien Régime, la monnaie de compte est la livre tournois, à côté de laquelle existent des monnaies d'usage qui peuvent être le sol, le denier, le billon, etc. L'important est que chaque pièce contienne un métal précieux (argent, or, bronze, cuivre). L'ensemble constitue un système extrêmement compliqué, dont on peut se faire une idée si l'on se souvient que pendant quelques années nous avons vécu avec une monnaie de compte qui était l'euro et une monnaie d'usage qui était le franc. Simplement, dans la France de l'Ancien Régime, il existe non pas une, mais une multitude de monnaies d'usage disponibles. Le système est donc simplifié lors de la mise en vente des biens du clergé, qui procure l'espoir d'une masse d'argent très importante. C'est sur cet espoir qu'est construite une nouvelle monnaie, formulée et libellée en livre, qu'on appelle l'assignat ; et cette monnaie est une monnaie de papier.

La première expérience monétaire en papier avait été un désastre : elle s'était soldée en 1720 par ce que l'on avait appelé la banqueroute de Law, survenue pendant la Régence ; c'est le fameux épisode du bossu, cher au romancier Paul Féval. Cette deuxième expérience donc, l'assignat, si elle échoue largement à partir de 1792, n'en habitue pas moins à son tour les Français à manipuler autre chose que des espèces sonnantes et trébuchantes.

Pour résumer : réforme de la géographie, réforme des relations sociales, réformes fiscales, réformes économiques ; le travail abattu par ces députés de l'Assemblée nationale fraîchement constituée est un véritable travail de titan.

Pendant ce temps, la société française tout entière suit ce mouvement avec une réelle passion. La plupart des dirigeants et des élites politiques sont convaincus que c'est en effet dans le cadre d'une monarchie constitutionnelle que s'épanouira le mieux la régénération – le terme est capital – de la France. Robespierre est monarchiste ; Marat est monarchiste ; Danton est monarchiste. La majorité des révolutionnaires aspirent à la monarchie constitutionnelle et les républicains vivent dans les salons, sous les lambris et, comme Condorcet, Brissot et Monsieur Roland, trouvent que la république est un beau concept tant qu'elle reste athénienne et que les mieux et les bien-nés peuvent se coopter aux éminents postes de stratèges, de triérarques ou d'aréopagites. On est ici en présence de valeurs qui ne doivent pas nous tromper : les républicains sont avant tout des aristocrates jusqu'en 1791.

2 – La fuite à Varenne, le massacre du Champ de Mars et la fin du rêve

1791 est une année charnière. La tentative de fuite déjouée à Varennes vient en quelque sorte couronner l'échec des monarchistes à se fondre dans les temps nouveaux. Dans la nuit du 20 au 21 juin 1791, le roi, la reine, les princesses royales, le dauphin

Louis et Madame Élisabeth, la sœur du roi, tentent de s'enfuir. L'opération est très mal préparée. Jules Michelet l'a décrite comme un « miracle d'imprudences » : Louis XVI y est maladroit d'un bout à l'autre, donnant des louis d'or pour remercier les gens qui changent les chevaux de sa diligence, la faisant d'ailleurs conduire par trois cochers en livrée jaune, d'une discrétion assurée ; l'épisode touche à l'absurde. Lorsque Jean-Baptiste Drouet l'arrête devant Varennes, il se met devant la lourde diligence, tirée par quatre ou six chevaux, et dit : « Au nom de la nation, arrêtez-vous ! » Au lieu de lui rouler dessus, ce qui aurait été la solution la plus simple, le roi fait arrêter le carrosse. Il est à 40 kilomètres de ses troupes, c'est-à-dire qu'il est presque arrivé. Eh bien non, Louis XVI est « gentil » ; il arrête le carrosse, lui, le Roi, parce que la Nation l'ordonne.

Il se fait bien sûr arrêter, plongeant le système qui venait d'être échafaudé dans une série d'apories et d'impasses improbables. Par exemple, les députés de l'Assemblée nationale constituante viennent de se donner une constitution. Le texte est prêt et le roi vient de s'enfuir, laissant bien en évidence un testament ou une lettre dans laquelle il explique à quel point les révolutionnaires sont méchants avec lui et ne comprennent pas combien le bonheur de son peuple lui est cher.

Que faire pour les députés ? Le retour du roi de Varennes à Paris est, sur le plan symbolique, carnavalesque : le renversement complet de tout ce qui fait d'habitude l'entrée royale. Au lieu d'être en tête, il est au milieu du cortège ; au lieu d'être suivi par un cortège rituel avec les élites de son royaume, il est entouré par des « vilains », des paysans rustauds, plus ou moins armés de fourches et de faux. À la tête du cortège, à partir du 23 juin, il y a des morceaux d'aristocrate : l'un d'eux, le comte de Dampierre, qui a voulu aller libérer le roi tout seul avec un cheval, s'est précipité sur la foule. Naturellement, il a été écharpé par l'entourage royal, littéralement découpé en morceaux, et son corps est donc promené sur le chemin du retour. Pour le roi, c'est un cataclysme qui se solde par son retour aux Tuileries.

On évoque d'abord son enlèvement, mais l'excuse ne passe pas dans l'opinion. On évoque alors son « voyage » – le terme euphémistique est adopté –, mais cela discrédite complètement le roi, ainsi que la légitimité de l'expérience monarchique. Le résultat est qu'en effet, cet été 1791 marque la bascule d'une partie de l'opinion dans la République, à commencer par les dirigeants patriotes les plus radicaux. Ils s'aperçoivent finalement que le système qu'ils s'apprêtaient à défendre n'est pas réellement viable. Certes, Robespierre hésite encore un peu et publie, au début de 1792 encore, *Le Défenseur de la Constitution*, mais on sent bien dans les prises de positions d'un Marat ou d'un Danton que, désormais, la République et le nouveau pouvoir issu du 14 juillet ont peur de voir tous leurs efforts détruits. C'est cette peur qui s'exprime lors du massacre du Champ de Mars le 17 juillet 1789. À la suite de la commémoration du deuxième anniversaire de la prise de la Bastille, une pétition républicaine est portée et le maire de Paris, Jean-Sylvain Bailly, ainsi que le commandant en chef de la garde nationale, le marquis de Lafayette, font tirer sur la foule. Cela se solde par plusieurs dizaines de morts, un véritable carnage. Immédiatement après, on tente d'interdire la liberté de la presse.

3 – De nouveaux systèmes de sociabilité politique

Interdire cette liberté de presse n'est toutefois plus si facile. En effet, l'après-1789 a vu se mettre en place de multiples systèmes politiques nouveaux. Le système électoral ne permet pas l'expression d'un suffrage universel qui était pourtant revendiqué par un certain nombre de dirigeants révolutionnaires : on distingue les citoyens qui votent (les citoyens actifs) des citoyens qui ne peuvent pas voter (les citoyens passifs, qui payent moins de trois journées de travail d'impôt ou qui sont domestiques). Il n'empêche que tous les citoyens peuvent s'assembler dans le cadre de leur commune, ou de leur section pour les grandes villes, pour discuter des affaires publiques ou proposer leur appui à la garde nationale, c'est-à-dire à l'armée citoyenne.

Tout cela crée un premier lieu de sociabilité qui, selon les endroits, est plus ou moins actif. Les sections de l'Est parisien notamment, ainsi qu'un certain nombre de sections lyonnaises et marseillaises, sont extrêmement actives.

Un autre élément est l'expérience des clubs. Dès 1789, comme cela se fait dans toutes les périodes un peu agitées, des regroupements et des associations politiques se créent. On leur donne le nom générique de « club », auquel est généralement adossé celui de l'endroit où ils se réunissent ; ainsi, le club des Jacobins se réunit dans l'ancien couvent des Jacobins – les dominicains –, le club des Cordeliers se réunit dans l'ancien couvent des Cordeliers – les franciscains –, etc.

Le club des Jacobins s'impose rapidement. Il devient une sorte de modèle auquel s'associent 1 500 sociétés au début de 1792, ce qui signifie qu'elles entretiennent des relations d'identification institutionnelle et de correspondance avec le club des Jacobins, qui devient une véritable force politique, d'autant plus que, après la séparation de la Constituante en septembre 1791, les anciens députés ne peuvent plus devenir députés à la nouvelle Assemblée législative ; ils sont alors, en quelque sorte, sur le marché et beaucoup d'entre eux s'engagent dans le combat politique par l'intermédiaire du club des Jacobins. C'est le cas du plus célèbre d'entre eux, Maximilien de Robespierre.

Le club des Jacobins prend la tête du mouvement révolutionnaire le plus radical. Extrêmement élitiste à l'origine, dont le prix du ticket d'entrée était exorbitant, il se démocratise de manière progressive à partir de l'été 1791 : les prix baissent et un certain nombre de citoyens (les femmes sont exclues) peuvent y entrer gratuitement. Ce club devient alors le symbole de la revendication révolutionnaire radicale, puis, à partir de 1792, de la revendication républicaine.

Ces clubs donc, ainsi que les cafés, sont les lieux au sein des sections où se dit la presse, avec un certain nombre de journalistes qui se font spécialistes de l'imprécation ; c'est notamment le cas de Marat et de *L'Ami du peuple*.

Chapitre III

Une époque tragique mais fondatrice

1 – La guerre bienvenue et la chute des Bourbon

En avril 1792, la guerre est déclarée par la France au « roi de Bohème et de Hongrie », archiduc d'Autriche et empereur des Romains, François II, le neveu de Marie-Antoinette. Il vient de récupérer les titres de son père, Léopold II, qui, jusqu'à sa mort au mois de mars 1792, avait préparé la guerre en espérant la paix. En France, seuls les Jacobins et les révolutionnaires les plus radicaux s'élèvent contre cette guerre. Tous les autres, révolutionnaires modérés, partisans de Brissot, ceux que l'on appelle ultérieurement les Girondins, les monarchistes, la prêchent avec enthousiasme ; et pour cause, pour ces derniers : ils sont sûrs de la perdre. Or, une fois la victoire consommée, la belle-famille de Louis XVI lui rendra l'ensemble de ses prérogatives et rétablira un ordre monarchique classique.

Quant aux Girondins, ils voient dans la guerre l'opportunité d'exporter la révolution, ainsi que de donner à la France des frontières naturelles en lesquelles ils croient : la rive gauche du Rhin par exemple. Enfin, une bonne guerre relance incontestablement l'économie.

Or, ce qui devait arriver arrive : le début de la guerre est une catastrophe. Au début du mois de juillet, le gouvernement révolutionnaire déclare même la patrie en danger. Dans l'opinion publique parisienne, mais aussi dans toute la France, le roi est devenu un traître, la monarchie ne peut plus fonctionner et le système doit être renversé. Les troupes des volontaires appelés pour défendre cette patrie en danger sont concentrées à Paris et constituent alors une force de frappe terrible. En effet, la déclaration du 11 juillet a entraîné un élan réel de mobilisation populaire – peut-être 50 000 engagements, dont 15 000 à Paris. Ces troupes, à défaut d'être expérimentées, n'en sont pas moins enthousiastes et furieuses contre les trahisons, réelles ou supposées, qui accompagnent les premiers mois du conflit.

Une organisation souterraine, le club de l'Évêché, met en place les conditions qui permettent, le 10 août, de faire tomber les Tuileries. Le roi et sa famille se réfugient à proximité des Tuileries dans la salle du Manège, là où se rassemble l'Assemblée législative, et, signe symbolique très fort de la fin de la monarchie, le roi est obligé de se réfugier sous le siège du président, dans une espèce de loge où se trouvent les logotachygraphes, les secrétaires d'Assemblée. Prostré, Louis XVI a en fait, à ce moment précis, cessé d'exister. Cet épisode marque le début de l'expérience jacobine, jalonnée avant tout par une succession de tragédies : les massacres de Septembre, la mort du roi, les confrontations entre Girondins et Montagnards, le procès des dantonistes, le procès des Hébertistes et, en guise de point d'orgue, la Grande Terreur, sur laquelle nous reviendrons plus en détail ultérieurement.

2 – Trois ans de bouleversements

L'expérience est marquée par ses exceptions institutionnelles et constitutionnelles. Tout d'abord, entre le 10 août et le 21 septembre 1792, le régime est indéfini : officiellement monarchie constitutionnelle, la France n'a plus de monarque. Cela signifie que l'Assemblée législative exerce toujours un certain pouvoir, mais qu'elle fonctionne sans exécutif bien défini, ou plus exactement avec un exécutif provisoire, un gouvernement d'exception. La Terreur elle-même est d'ailleurs un gouvernement d'exception, destiné à permettre la mise en œuvre de cette Première République dont la Constitution est adoptée dès le mois de juin 1793.

Ces années 1792-1794 sont aussi un moment de construction considérable, durant lequel on met en place, entre autres, une monnaie nouvelle et appelée à un grand avenir, le franc, accompagné d'un système fiscal nouveau ; on met en place une armée nouvelle, une armée de la nation, républicaine ; on met en place, enfin, le suffrage universel, appliqué pour la toute première fois et d'une manière bien plus réelle que ce qui a longtemps été dénoncé : dans un certain nombre de lieux, ce suffrage universel donne lieu à une participation massive, avec pluralité de candidatures, au moins pour les élections à la Convention nationale. Les constructions de cette époque se font sur tous les niveaux ; c'est à ce moment-là, par exemple, que sont lancés les projets d'établissement de l'étalon du mètre, parmi d'autres choses qui marquent encore notre quotidien.

Ce travail d'une très grande intensité se fait dans le bruit du couperet de la guillotine tombant régulièrement sur le cou des condamnés qui se succèdent ; il se fait dans le fracas des armées qui, progressivement, parviennent à repousser en dehors des frontières du territoire les troupes ennemies. « Les féroces soldats qui viennent jusque dans nos bras, égorger nos fils et nos compagnes » n'est alors pas seulement une formule destinée à un brillant avenir, c'est une réalité : la France est envahie, de l'extérieur comme de l'intérieur, puisque plusieurs guerres civiles éclatent. On comprend ainsi le caractère proprement dramatique qui préside à l'action qui a été menée successivement par la Convention nationale et ses comités, notamment bien sûr par le Comité de salut public, fondé en 1793 et devenu le Grand Comité de l'an II au départ de Danton, l'emblème, avec le Comité de sûreté général, de la Terreur. Le débat existe encore aujourd'hui pour savoir si la période d'hyperactivité de l'an II s'accompagne d'une véritable révolution culturelle – hypothèse qui emporte les faveurs de votre serviteur.

L'expérience se conclut les 9 et 10 thermidor de l'an II par la catastrophe qu'est l'exécution des robespierristes : une centaine de personnes sont guillotinées en deux jours, dont vingt et un députés de la nation.

3 – La République bourgeoise

Cela aboutit à une construction républicaine nouvelle, que l’on a appelée avec Marc Bouloiseau la République bourgeoise, fondée par ceux qui ont été élus à la Convention nationale, par le suffrage universel – par le peuple, donc –, en 1792. Beaucoup d’entre eux ont d’ailleurs participé avec beaucoup d’enthousiasme à toutes les opérations de la Terreur, comme Fouché ou Tallien. L’idée que les modérés prennent enfin le pouvoir en 1795 doit être relativisée, même si d’autres ont toujours été de véritables modérés, comme François de Neuchâteau. Cette République bourgeoise est paradoxale : d’un côté, elle combat les Jacobins et les derniers Montagnards, et organise ce que l’on appelle une « Terreur blanche ». On pourrait la considérer comme une espèce de gouvernement de réaction. Pa’mi ses pa’tisans, les « Inc’oyables » et « Me’veilleuses » ’efusent d’utiliser le son « r », parce que c’est celui de la Révolution. L’opposition aux valeurs des Jacobins et de la Terreur est revendiquée. Et pourtant, cette République bourgeoise entérine un grand nombre des actions qui ont été mises en place par ceux qu’elle a fait guillotiner.

Elle entérine notamment la réforme des poids et mesures, l’invention du mètre, les réformes fiscales en cours, la création du franc. Elle garde également dans ses institutions et son fonctionnement le souci jacobin d’éviter une monopolisation des pouvoirs par un seul homme. C’est ainsi que les directeurs sont au nombre de cinq, afin que l'exécutif ne soit pas sous la responsabilité d'un seul homme ; finalement, le Directoire ne fait que reproduire en partie l'expérience du Comité de salut public : un exécutif collégial travaillant de pair avec le législatif, ici composé de deux chambres (Conseil des Cinq-Cents et Conseil des Anciens) – un bicamérisme certes s'inspire très largement de l'Angleterre, mais dont le souci ardent de faire contrôler l'exécutif par le législatif a déjà été expérimenté au moment de la Terreur.

Cette République bourgeoise, qui met donc en place une partie des personnels et des institutions qui fondent la France républicaine, est l'un des signes de la permanence de l'idéal révolutionnaire. Je crois que le meilleur signe est le fait que Napoléon soit contraint de se revendiquer défenseur de la République lors de sa prise de pouvoir, profitant d'une certaine faiblesse politique et de crises politiques à répétition dans cette période directoriale.

Certaines de ces crises sont liées à des retours en force du mouvement jacobin. On pense aux dernières grandes émeutes qui ont lieu en 1795, en particulier le mouvement de prairial, victoire bourgeoise sur les mouvements populaires ; on peut également penser au complot babouviste, la tentative de coup d'État organisée par Gracchus Babeuf qui a abouti à la décapitation de l'ensemble de ces conjurés. Gracchus Babeuf, jacobin opposé aux excès de la Terreur, attaché aux Droits de l'homme et prêchant l'abolition de la propriété privée, est considéré comme le premier communiste français.

D'un autre côté, il existe un certain nombre de véritables tentatives contre-révolutionnaires, utilisant ou non le système institutionnel du Directoire, entre 1796 et 1798. Cette succession de crises explique le recours à des généraux qui rétablissent l'ordre républicain et explique aussi que s'impose par la suite la personnalité très forte de Napoléon Bonaparte, qui, par exemple, permet d'en finir, en octobre 1795, avec l'une des tentatives monarchistes.

Ce recours au général sauveur est la matrice dans laquelle s'inscrit la naissance du Consulat. Tous les individus qui participent à cette opération de prise du pouvoir par Napoléon Bonaparte sont d'ailleurs convaincus par l'idéal révolutionnaire, pour lequel la plupart ont risqué leur vie. Ce sont ces révolutionnaires pure souche qui voient en Bonaparte le meilleur moyen de préserver ce qui a été acquis dans les dernières années : l'égalité juridique, la libéralisation économique, le régime représentatif et l'intégrité d'un territoire qui a achevé sa Constitution entre 1789 et 1792 – durant cette période, la France s'est agrandie du Comtat Venaissin, qui faisait partie des États pontificaux, et des territoires alsaciens qui lui échappaient encore.

4 – Conclusion

Cette brève chronique nous permet donc de rappeler les apports énormes que ces dix années ont donnés à la France.

En termes de société, c'est le fait que désormais, tous les Français sont considérés comme des citoyens et peuvent participer à des degrés divers à la vie politique : beaucoup d'entre eux ont accès au système électoral et à l'action politique directe effective – les juges de paix eux-mêmes sont élus. La présence de la politique est une réalité qui ne se cantonne pas aux élections, mais qui se concrétise également dans la culture politique, puisqu'en dépit du fait qu'une majorité de Français – peut-être 70 % – ne sait pas encore lire et écrire, on peut considérer que la quasi-totalité des Français possède une culture politique nouvelle, par l'intermédiaire d'une presse et de cris politiques qui sont répétés, renvoyés en écho dans l'ensemble du territoire.

L'un des signes de cela pourrait être par exemple la diffusion très rapide, alors que la période a été brève, des autels à la patrie, dressés aux martyrs de la Révolution ou à l'Être suprême dont on retrouve des traces dans absolument toute la France. Cela est bien la forme d'une culture révolutionnaire qui s'est développée et déployée sur l'ensemble du territoire. Le calendrier révolutionnaire, par exemple, à partir d'octobre 1793, a très vite été compris et utilisé.

La conscience de ce territoire a également changé avec les départements et, globalement, l'image de l'homme politique elle-même. Ce dernier est désormais légitime par le seul choix du peuple, donc des citoyens – même si ce choix est limité par le suffrage censitaire, rétabli après la chute de Robespierre lors du 9 thermidor.

Le dernier élément, enfin, est que les Français se sont rendus compte qu'il était possible de vivre sans roi et sans crise majeure. La République n'engendre ni le chaos ni les enfers et ces dix années ont prouvé aux Français qu'une alternative à la monarchie était à la fois pensable, vivable, et peut-être même porteuse d'espoir. Cette prise de conscience, fondatrice et sur laquelle la France ne reviendra pas, a naturellement eu lieu dans des convulsions d'une gravité à la hauteur des enjeux.

Quatrième partie

Les convulsions nationales 1789-1799

Introduction

De 1789 à 1799, la France apparaît comme déchirée par ce qu'elle construit. Les convulsions nationales et l'invention d'un monde nouveau sont les deux éléments sur lesquels je voudrais m'attarder maintenant. Ces convulsions nationales ont fait l'objet de très nombreuses interrogations, tant historiographiques que politiques.

Georges Clemenceau, un homme incontestablement politique, a décrit la Révolution comme un « bloc », expliquant que celui qui revendique la liberté, l'égalité et la fraternité doit accepter la guillotine, les massacres de Septembre et la répression des émeutes vendéennes et chouannes. « Vouliez-vous une Révolution sans révolution ? », demandait Robespierre. Barnave s'interrogeait quant à lui : « Ce sang était-il donc si pur ? », en évoquait Foulon et Bertier de Sauvigny, suspectés d'accaparement de grains et massacrés par la foule le 22 juillet 1789.

La question de la Terreur est en quelque sorte consécutive à cette violence révolutionnaire dont l'un des lieux d'expression a été le développement du débat religieux. Ces trois aspects couvrent ces « convulsions nationales » : la question religieuse, la violence révolutionnaire et la Terreur.

Chapitre I

La question religieuse

I – La fin de la fille aînée de l'Église

En 1789, la France est la fille aînée de l'Église et le roi reçoit lors de son sacre un anneau qui fait de lui un quasi-évêque. Le miracle thaumaturgique du toucher des écrouelles est bien un miracle, et non une réaction magique – le roi pourrait être brûlé pour sorcellerie si la guérison était magique. Le roi est intercesseur de Dieu et l'anneau en témoigne : l'esprit de Dieu est sur la monarchie française.

L'omniprésence du catholicisme est toutefois remise en cause depuis le XVIe siècle dans le royaume de France. Les protestants, en dépit de tous les efforts menés en particulier dans la deuxième moitié du XVIIe siècle, sont encore présents, au point qu'en 1787, Louis XVI a dû accorder un édit dit de tolérance abolissant la quasi-totalité des dispositions de l'édit de Fontainebleau de 1685 – qui lui-même abrogeait l'édit de Nantes de 1598.

Les communautés protestante et juive représentent donc quelques centaines de milliers de personnes (500 000 protestants et 50 000 juifs) dont la condition a été relativement améliorée dans la dernière partie du règne de Louis XVI. En Alsace, par exemple, les juifs ont acquis un certain nombre de droits de déplacement qu'ils n'avaient pas jusqu'à présent. Globalement toutefois, qu'il s'agisse des protestants ou des juifs, ils restent soumis à ce que l'on appelle des privilèges, des lois privées, et sont donc des sujets à part, plus ou moins tenus à l'écart d'un certain nombre de pouvoirs et de droits dont bénéficient les sujets du royaume. Comme on l'a vu, un certain nombre de protestants sont cependant acceptés dans l'entourage direct du roi, à commencer par Necker.

Néanmoins, le rapport de la religion à l'État est remis en question par une partie des élites éclairées qui considèrent l'omnipotence de la religion catholique insupportable : des députés protestants ont pu être élus par le tiers état, comme Rabaut Saint-Étienne, et dès le mois de juin 1789, le principe de la liberté religieuse fait consensus chez l'immense majorité des députés, y compris parmi ceux du clergé catholique (chez Grégoire ou Talleyrand notamment). L'égalité de droits pour les juifs est ainsi proposée dès le mois d'août 1789, même si elle n'est adoptée qu'en novembre 1791.

2 – Le sort du clergé

C'est dans ce contexte que se greffe sur l'interrogation religieuse la question financière. Talleyrand propose le 2 novembre 1789 de mettre à la disposition de la nation les biens du clergé. La proposition est adoptée avec enthousiasme par l'Assemblée nationale constituante et aboutit, d'une part, à la disparition des monastères – les ordres religieux sont supprimés au début de l'année 1790 –, et, d'autre part, à une interrogation : de quoi vont désormais vivre les prêtres, puisqu'une partie de leurs revenus était jusqu'à présent liée soit à leurs biens propres, qu'ils pouvaient exploiter, soit à la fiscalité religieuse, la dîme, qui constituait une partie des revenus de l'Église en août 1789, elle aussi disparue ?

Cette question est d'autant plus cruciale que le clergé, même si son poids a connu un certain allégement, reste un acteur structurant de la société. Pensons par exemple à la Bretagne, où l'habitat est dispersé : le seul lieu où se rassemble la communauté paroissiale y est l'église et c'est là que, sous le patronage du curé, avec l'aide du curé, sont répartis, le dimanche, les impôts. C'est là aussi que le curé transmet à l'ensemble de ses paroissiens les textes ou les éléments constituant les décisions royales, qu'il leur donne les nouvelles du royaume.

Les curés sont donc, dans une France rurale souvent extrêmement éclatée et dispersée, au sein de la paroisse, l'un des éléments les plus importants de la cohésion. Cette question, « que vont devenir les curés ? », devient alors cruciale, d'autant plus que lesdits curés, pour beaucoup d'entre eux, vivaient avant la Révolution dans un état de pauvreté fréquemment dénoncé ; c'est la « misère du bas clergé breton » qui fait presque l'objet d'une proverbiale ironie.

La solution émerge peu à peu : c'est à l'État de prendre en charge l'existence de ces prêtres, dont on reconnaît la fonction importante de cohésion sociale. Il est important que les gens croient en Dieu et il est important que les prêtres conservent du pouvoir ; cela, de Robespierre au plus aristocratique défenseur de l'Ancien Régime, tout le monde en est convaincu. Les projets se multiplient entre 1790 et 1791 pour aboutir à la Constitution civile du clergé, progressivement construite entre février et avril 1791 ; cette Constitution fait de chaque commune une paroisse ou un regroupement de paroisses, et de chaque paroisse ou regroupement une commune. Elle transforme le curé en fonctionnaire rémunéré par l'État et qui – c'est là qu'intervient le problème –, à partir de l'été 1791, doit prêter serment de fidélité à la Constitution.

Pour les prêtres, sur ce point, il y a une impossibilité flagrante : ils n'ont juré de fidélité et d'obéissance qu'à Dieu ; ils ne sont pas là pour servir la Constitution. Certains d'entre eux sont enthousiastes ou se résignent : parmi les enthousiastes, l'abbé Grégoire, qui a été l'un des pères spirituels de cette réforme. En même temps d'ailleurs, ils réfléchissent avec les représentants des autres religions à la façon de développer également le civisme religieux chez les protestants et chez les juifs ; d'autres refusent tout simplement de prêter serment, peut-être la moitié, de très nombreuses enquêtes ont été menées à ce sujet.

3 – Les jureurs et les réfractaires

On distingue donc dès 1791 deux catégories de prêtres, les *jureurs*, ceux qui ont accepté de prêter serment à la Constitution, et les *réfractaires*. Jusqu'en 1792, beaucoup de réfractaires, difficilement remplaçables, restent en fonction. À partir de l'entrée en guerre, leur existence est plus problématique. D'abord, comme souvent, le roi a été à plusieurs reprises maladroit, manifestant qu'il considérait comme un vrai prêtre un prêtre réfractaire, ce qui pose évidemment un problème pour un roi constitutionnel ; il défend aussi bec et ongles les droits des prêtres réfractaires par l'intermédiaire du « veto », qui lui permet de s'opposer pendant deux législatures, soit quatre ans, à une loi qui aurait été adoptée par l'Assemblée législative.

L'existence de ces prêtres réfractaires, les prises de positions du roi qui sont évidemment suspectes à une partie de l'opinion publique extrêmement rétive, cela suffit à faire en 1792 de la religion catholique l'ennemi de la Révolution. Dans les médias républicains, dans les derniers numéros de *L'Ami du peuple* notamment, l'hostilité est extrêmement claire et de plus en plus souvent développée : les prêtres sont les ennemis de la Révolution. Le succès et l'audience des différents éléments de cette propagande sont très compliqués à estimer ; entre 1793 et 1794, on assiste à deux mouvements populaires complètement contradictoires. D'un côté, l'hiver 1793-1794 est marqué par une poussée déchristianisatrice d'une très grande violence. Des prêtres réfractaires sont exécutés et les clandestins traqués, des cérémonies carnavalesques parodiant l'ensemble des dispositions de la religion catholique sont organisées, des églises incendiées, les tombes – des rois à Saint-Denis, des saints, des prélats ou des aristocrates ailleurs – sont violées… Une flambée déchristianisatrice se met donc en place, encouragée pour partie par un certain nombre de dirigeants républicains, par exemple les représentants en mission envoyés par la Convention dans les provinces. Il s'agit d'initiatives individuelles, sachant qu'il n'y a pas de volonté de la part du Comité de salut public d'encourager ces exactions. Il les cautionne cependant, parallèlement à cette stimulation de la part des élites politiques, le moteur est surtout une vraie colère populaire contre une religion qui incarne la mise en danger de la patrie, l'ordre ancien et la soumission du peuple.

De l'autre côté, les prises d'armes pour défendre les curés réfractaires sont nombreuses, populaires et extrêmement fortes. Notamment en Vendée et en Bretagne, ce sont les questions religieuses qui cristallisent l'opposition à la Révolution. Au nom de la défense de la religion, les paysans vendéens et bretons se soulèvent, s'organisent en armée et entrent en guerre pour lutter contre la Révolution et la République.

Ces questions religieuses déchirent effectivement la très jeune nation française, suscitant des réactions diverses et contrastées de la part du pouvoir. Robespierre, par exemple, lutte contre les déchristianisateurs et tente de proposer l'alternative du culte de l'Être suprême et des martyrs de la Révolution, dont le succès est évidemment très relatif, mais qui témoigne de sa certitude qu'il faut absolument offrir au peuple une représentation de la transcendance qu'il puisse honorer.

L'échec du culte de l'Être suprême et autres cultes révolutionnaires aboutit au développement ou au retour d'une Constitution civile du clergé qui s'étiole très lentement avec l'acceptation *de facto* des prêtres réfractaires entre l'été 1794, en même temps que la chute de Robespierre et la montée en puissance de Napoléon Bonaparte.

Ces questions religieuses font que la religion catholique, le pape Pie VI en particulier, se représente l'ensemble du processus révolutionnaire comme fondamentalement hostile, ce qui, dans le détail, doit être remis en cause. Ces questions religieuses, qui déchirent la France de 1789 à 1799, n'empêchent pas l'invention de solutions nouvelles : c'est par exemple le Comité de salut public qui invente l'idée d'une séparation radicale de l'Église et de l'État. C'est à cette période également que l'intégration définitive des protestants et des juifs à la citoyenneté est entérinée. Certains acquis de cette période sur le plan religieux sont extrêmement importants et ne concernent pas simplement le droit des personnes, mais également les biens de la religion, puisque Robespierre, s'opposant à la poussée déchristianisatrice, a souhaité que soient protégés au maximum les biens contre lesquels commençaient à s'acharner les iconoclastes qui, un peu comme l'avaient fait auparavant les protestants, s'en prenaient aux bâtiments, mais aussi aux peintures, aux trésors des églises, aux statues et aux différentes représentations religieuses.

Chapitre II

La violence révolutionnaire

I – Un déchaînement populaire

La violence révolutionnaire fait évidemment l'objet d'une fascination morbide et presque traditionnelle. On peut rappeler ici quelques exemples remarquables pour montrer à quel point elle est présente tant dans notre mémoire collective que dans nos archives.

Les massacres de Septembre, pour commencer. Entre le 2 et le 5 septembre 1792, les prisons parisiennes sont envahies par une foule déchaînée qui organise des tribunaux improvisés et qui envoie vers une mort épouvantable par défenestration et/ou par empalement sur des piques, un certain nombre de prêtres, d'aristocrates, d'hommes, de femmes et de vieillards suspectés d'être des contre-révolutionnaires ou des traîtres. L'épisode le plus célèbre de ce déchaînement d'une violence populaire irrépressible est l'exécution de la princesse de Lamballe, ancienne favorite de Marie-Antoinette, dont la tête est montrée à la ci-devant reine, enfermée au Temple, au bout d'une pique.

La violence ici mise en œuvre est exacerbée, sanglante, et son bilan est probablement de plusieurs milliers de morts, en ajoutant aux morts parisiens les exécutions qui ont aussi lieu dans les villes de province.

Spontanée, elle n'est pas sans rappeler celle accompagnant la prise de la Bastille, ou celle de la prise des Tuileries le 10 août de la même année. Elle est suivie par des violences populaires lors des émeutes de germinal et de prairial de l'an III [1795], au cours desquelles le député Féraud perd littéralement la tête, décapité par la foule à l'Assemblée, tête que l'on présente au bout d'une pique au président de la Convention, Boissy d'Anglas, qui s'incline respectueusement devant son collègue exécuté.

Cette violence omniprésente permet aux historiens du XIXe siècle de distinguer le peuple de la populace. La populace n'est pas maîtrisable, la populace est cruelle, la populace aime le sang et la violence. Elle s'exprime dans une sorte de tyrannie de vampire qui dévore la Révolution de l'intérieur. Naturellement, depuis les années 1960, l'historiographie a beaucoup évolué sur ces questions de violence. D'abord, un certain nombre des aspects de cette violence doit être nuancé en différenciant la violence spontanée de la population et la violence institutionnelle.

2 – Une violence institutionnelle

En effet, la Révolution a connu des violences institutionnelles très importantes de deux ordres. Le premier ordre est celui des violences destinées à assurer l'ordre intérieur : la guillotine, la Terreur, la Terreur blanche, ainsi qu'un certain nombre de dispositions exceptionnelles de répression, par exemple lors de l'affaire de Nancy, à l'égard des trois régiments formant la garnison de la ville qui se révoltent en août 1790. Les autres violences sont celles de la guerre, ininterrompue de 1792 à 1799 et même au-delà. Il s'agit là encore de violences d'État, régulées par le droit.

La violence la plus brutale et la plus massive de la période est une véritable guerre civile : la guerre de Vendée, avec ses échos de longue durée dans l'ouest de la France. Le conflit, ouvert en mars 1793, s'arrête en mai 1795. Après quelques semaines de succès (notamment la bataille de Cholet), les Vendéens, constitués en armées et – mal – coordonnés avec les Anglais, refluent vers le Cotentin, puis reviennent dans leur région dans des conditions épouvantables, au cours de la « Virée de Galerne » qui fait suite au cuisant échec de Granville. Les survivants poursuivent par la suite une lutte sans espoir contre les Républicains, de plus en plus nombreux, organisés et motivés. Deux années de conflit font plus de 130 000 morts, avec des phases d'une cruauté extrême, comme les noyades organisées par Carrier, représentant en mission à Nantes, ou les « Colonnes Infernales » du général Turreau. Les Vendéens de l'« Armée catholique et royale » sont en rébellion contre la levée en masse des soldats, les mesures prises contre les prêtres réfractaires et l'exécution du roi ; encadrés par une petite noblesse provinciale, dont le jeune Henri de La Rochejaquelein est le prototype, ou par d'anciens soldats, ils ont contribué à mettre la République en grand danger et ont commis leur propre lot de violences contre les « bleus ». La mémoire de la Vendée est, aujourd'hui encore, extrêmement vive et suscite des débats très virulents à la fois historiographiques et politiques – la thèse aussi célèbre qu'absurde du génocide vendéen en est un bon exemple. Cette actualité de la guerre de Vendée est à la mesure de l'ampleur considérable de ce moment révolutionnaire.

Dans ces violences, et c'est bien entendu tout aussi vrai pour les violences spontanées, se jouent des phénomènes d'héritage de régulation. La société dans laquelle la Révolution française est apparue est une société violente ; lorsque Louis XVI, entre 1780 et 1788, fait abolir la torture, il apparaît comme ce qu'on appellerait aujourd'hui un dangereux gauchiste. Il faut d'ailleurs que les gouvernements révolutionnaires successifs rappellent cette interdiction pour que la pratique banalisée de la torture judiciaire soit effectivement abandonnée. Cette violence est une pratique sociale habituelle, une pratique de régulation des relations entre les individus qui fait partie de l'usage. Les aristocrates, malgré l'interdiction et les sanctions sévères mises en place par Richelieu, continuent de se battre en duel jusqu'à la veille de la Révolution française – on se souvient du duel ultime de Danceny et Valmont dans *Les Liaisons dangereuses*. Cette pratique fait partie de l'existence sociale, de même que sont extrêmement violentes la plupart des pratiques d'intégration professionnelle des corporations.

La période révolutionnaire voit donc cette violence normale s'exacerber incontestablement, mais sans changer véritablement de nature. Ce qui la rend étonnante, c'est que nous considérons la période 1789-1799 comme la naissance de la France contemporaine, une France dans laquelle l'État a le monopole de la violence et est le garant des citoyens contre les autres violences.

Il est finalement paradoxal de voir que ces dix années, qui sont la matrice de notre société, sont à la fois un moment d'exacerbation de la violence et le temps où celle-ci commence à être exclue des logiques de comportement.

3 – Les prises de mesures contre la violence

De fait, les gouvernements révolutionnaires ont véritablement cherché à lutter contre la violence. C'est vrai dès 1789, avec la création de la milice à Paris qui a pour but d'éviter les pillages en juillet. On peut également évoquer le souci qu'ont les gouvernants de l'époque républicaine d'empêcher la violence déchristianisatrice dont nous venons de parler, ou le malaise de Robespierre, de Danton, de Marat même, face aux excès des massacres de Septembre qu'ils justifient, ou plus exactement qu'ils expliquent après coup, mais dont ils ne sont pas responsables.

On peut remarquer à quel point, très régulièrement, les moments où s'installe une violence spontanée locale sont immédiatement suivis de reprise en main de cette violence par l'ensemble des institutions terroristes, puisque cette question de la violence révolutionnaire est également celle de la Terreur, l'une des charnières les plus complexes de l'histoire de France.

Chapitre III

La Terreur

En septembre 1793, le gouvernement de la République met la Terreur à l'ordre du jour ; s'ensuit une série de procès qui aboutissent entre autres aux exécutions de Marie-Antoinette, des Dantonistes, des Girondins, des Hébertistes et des fermiers généraux, dont Lavoisier. Puis, entre mai et juillet 1794, c'est une litanie de morts, peut-être plusieurs dizaines par jour, qui constituent ce que l'on appelle la Grande Terreur.

Les 9 et 10 thermidor an II – 27-28 juillet 1794 –, les responsables de la Terreur sont eux-mêmes conduits à l'échafaud et, selon la tradition, « Justice est faite » : Robespierre et les « tigres », « les tyrans » et les « vampires » sont eux-mêmes exécutés. En effet, voilà cette image qui nous reste du Robespierre froid, monstre dur, en acier, destiné exclusivement à servir une idée de la patrie sans humanité, opposé à Danton, incarné par Gérard Depardieu dans le film de Wajda, humain, généreux, qui meurt en disant au bourreau : « Tu montreras ma tête au peuple, elle en vaut la peine. » Nous sommes bien là dans l'ordre de la légende.

1 – L'avènement de la Terreur

La Terreur comme terminologie institutionnelle existe à partir de septembre 1793 ; comme fait législatif, elle se met en place dès 1789. On rappelle que le Comité de sûreté générale a été créé par l'Assemblée nationale constituante. C'est une Assemblée législative extrêmement modérée, composée d'incontestables démocrates qui adoptent la plupart des dispositions constitutives de la Terreur : le tribunal révolutionnaire, les lois d'exception et l'interdiction de la presse contre-révolutionnaire sont inventés par une Assemblée législative dominée par les Girondins. Les Girondins eux-mêmes décident que la Convention pourra mettre en accusation les membres de la Convention ; autrement dit, ils donnent à la Convention les armes utilisées à leur encontre à partir de juin 1793.

Le procès du roi, à la fin de l'année 1792, a d'ailleurs constitué un moment où s'est manifestée très clairement la fracture entre les Girondins et les Montagnards, et ce procès révèle toute l'ambiguïté de cette fracture. Les Montagnards, les plus radicaux, largement constitués des Jacobins de Robespierre, ne sont guère plus de cent, tandis que les Girondins, modérés, menés par Brissot, sont à peu près deux cent cinquante au début de la Convention, qui compte sept cent quarante-neuf membres. La majorité absolue de la Convention n'est donc ni franchement girondine, ni franchement montagnarde. Il est évident que les idées traditionnelles selon lesquelles il y a d'abord une Convention girondine, puis une Convention montagnarde, ne résistent pas à l'épreuve du fait législatif.

Quel est alors l'enjeu du procès ? S'agit-il de juger un homme ou un principe ? Pour les Girondins, c'est l'homme qu'on juge. Or, en bons lecteurs des juristes des Lumières, de Cesare Beccaria, de Voltaire, ils considèrent qu'il ne faut pas condamner à mort un homme. En outre, ils pensent que la guerre, dont l'évolution après la victoire de Valmy le 20 septembre 1792 devient moins catastrophique, impose de conserver Louis XVI en otage.

Enfin, beaucoup des Girondins ont approuvé la Constitution de 1791, sont issus de l'Assemblée législative et, somme toute, continuent de penser que la monarchie constitutionnelle est une alternative acceptable et souhaitable ; probablement même, certains d'entre eux ont une espèce de vieille fidélité au monarque.

Du côté des Montagnards, dont la position est très clairement exprimée, en particulier par le premier grand discours de Saint-Just et par Robespierre, les choses sont assez simples. D'une part, Louis XVI est un traître avéré ; on a retrouvé dans une armoire secrète aux Tuileries (l'« armoire de fer ») des documents absolument accablants en novembre 1792 attestant du fait que, en pleine guerre, le Roi continue à correspondre et à donner de très utiles renseignements aux ennemis de la patrie – et sa trahison est ancienne, la fuite à Varennes n'en est qu'un exemple. Deuxième aspect, pour les Montagnards, la formule est célèbre : « Nul ne saurait régner innocemment. » Ce n'est donc pas un homme qu'on juge, mais un principe, celui du pouvoir monarchique ; il faut donc le tuer.

Ce débat, qui est d'une très haute tenue philosophique et théorique, au-delà de ses implications pratiques, aboutit donc à l'exécution légale et publique de Louis XVI, place de la Révolution – exécution légale et publique qui est l'un des principes du fonctionnement de la Terreur, qui se veut elle-même profondément légale et publique.

2 – Montagnards contre Girondins

La confrontation entre Montagne et Gironde a fait l'objet de nombreux travaux et de nombreuses polémiques dans lesquels on trouve les grands noms, au XXe siècle, d'Albert Mathiez, Albert Soboul, François Furet et Michel Vovelle. Sans entrer dans le détail des débats, présenter deux des protagonistes de la confrontation permet sans doute de mieux la comprendre. Jacques-Pierre Brissot d'abord : le principal dirigeant des Girondins, avocat et journaliste, élu à la législative, est républicain avant 1789. Il soutient la nécessité d'une entrée en guerre à l'hiver 1791-1792, s'opposant par là à Robespierre et se séparant des Jacobins. Considéré comme le chef des libéraux modérés (souvent appelés « Brissotins »), élu à la

Convention, il vote contre la mort du Roi sans appel au peuple et pour la mise en accusation du montagnard Marat, finalement acquitté. Il a participé à la création du Tribunal révolutionnaire et du Comité de salut public. Il fait partie des vingt-huit proscrits chassés de la Convention le 2 juin. Arrêté à Moulins peu après, il est jugé, condamné et guillotiné pour trahison le 31 octobre 1793. Son grand rival, Maximilien de Robespierre, avocat issu d'une bourgeoisie modeste, élu du tiers à la Constituante, y est l'un des orateurs les plus radicaux dès le mois d'août 1789. À la fin de 1791, il est l'un des principaux dirigeants du club des Jacobins, luttant en particulier contre la guerre. Élu à la Convention nationale, cible des Girondins à partir du 25 septembre 1792, date à laquelle il est accusé de chercher à instaurer une dictature, il vote la mort du roi. Il vote également la proscription des Girondins avant d'entrer au Comité de salut public le 27 juillet 1793. Il joue un rôle considérable dans l'organisation de la Terreur, la conduite de la guerre, le contrôle de l'économie, la lutte contre la contre-révolution, le contrôle des violences. Il est mis en accusation au moment des excès de la « Grande Terreur » et guillotiné le 27 juillet 1794 avec une centaine de ses collègues.

Le deuxième moment de la Terreur est donc, le parallèle des deux biographies l'illustre assez bien, la proscription des Girondins. Les choses sont assez claires : du 31 mai au 2 juin, les sections parisiennes jacobines sans-culottes imposent à la Convention de proscrire un certain nombre de chefs girondins réputés contre-révolutionnaires : un total de vingt-huit personnes sont soit mis en prison, soit renvoyés dans leurs foyers. Ils se précipitent en Normandie, à Lyon et à Bordeaux, pour s'empresser d'organiser une contre-révolution dirigée contre les Montagnards.

C'est à partir de cette prise d'armes des Girondins, que l'on a appelée la « révolte fédéraliste », que s'enclenche une guerre civile qui vient s'ajouter à celle que la Convention a lancée contre la Vendée. À partir de ce moment, les Girondins ne sont plus seulement proscrits, mais bien recherchés pour crime de haute trahison envers la patrie.

La proscription des Girondins est suivie par l'épisode célèbre et spectaculaire de l'assassinat de Jean-Paul Marat. Conventionnel, dirigeant, homme de presse extrêmement célèbre, auto-appelé « Ami du peuple » et dont la renommée est éclatante, Jean-Paul Marat est assassiné presque par hasard par une jeune femme qui ne connaît pas grand-chose. Ce que son assassinat apprend à tout Paris, c'est que les députés montagnards peuvent être assassinés partout par la contre-révolution : Charlotte Corday vient du Calvados, de Caen, où elle a rencontré des députés girondins. La crainte du complot s'impose.

Pendant cet été 1793, l'assassinat de Marat vient compléter au cœur même de Paris la peur obsidionale d'une contre-révolution animée par les députés girondins, les curés et les paysans, et portée par l'Angleterre. On comprend bien alors comment les révolutionnaires parisiens, les sans-culottes dans toute la France et les députés à la Convention peuvent se sentir menacés.

3 – Réprimer la contre-révolution

Les révolutionnaires décident donc de concentrer l'ensemble des dispositifs de la Terreur en un appareil institutionnel de répression extrêmement sévère, relayé, d'une part, par l'exécutif de la Convention, c'est-à-dire le Comité de salut public, et, d'autre part, par le Comité de sûreté générale, fondé par l'Assemblée nationale constituante pour organiser la surveillance de l'opinion publique et la répression des contre-révolutionnaires. Les relations entre ces deux institutions sont compliquées ; à plusieurs reprises, le Comité de salut public et le Comité de sûreté générale s'affrontent. Il s'agit, dans un cas comme dans l'autre, de conseils au sein desquels des débats très violents opposent les individus les uns aux autres. L'influence de Robespierre au Comité de salut public entre juillet 1793 et juillet 1794 n'a jamais relevé de la domination totalitaire.

La surveillance face aux menées de la contre-révolution est réellement terrible. À Paris, régulièrement, des « charrettes » de condamnés rejoignent la place de la Révolution où se dresse la guillotine. Marie-Antoinette, les Girondins, les fermiers généraux, les « Enragés » (Hébert, Chaumette), les « Indulgents » (Danton, Desmoulins) sont exécutés et, de mai à juillet 1794, le rythme s'accélère.

Quoi qu'il en soit, la Terreur a pour conséquences, certes, des milliers de morts, mais aussi de permettre à la France de résister à l'ensemble des pressions militaires auxquelles elle est soumise au début de 1793. Les Vendéens et les chouans sont vaincus, ainsi que les troupes de la coalition autrichienne et prussienne, venant des États d'Italie et financées par les Anglais. La patrie est, très clairement, sauvée.

Un autre aspect de la Terreur est qu'elle cherche à être un gouvernement d'exception qui prépare l'avenir. De fait, c'est ce qu'elle fait.

Qui sont d'ailleurs les terroristes ? Ce sont des bourgeois éclairés, nourris de Rousseau, de l'*Encyclopédie* et de Jaucourt. Certains d'entre eux avaient avant la Révolution de très brillantes carrières ; c'est le cas de cet acteur, Collot d'Herbois, qui devient l'un des animateurs de la Terreur ; d'autres étaient de véritables savants ; c'est le cas, même s'il meurt très légèrement avant la Terreur, de Jean-Paul Marat.

Nous avons donc un public d'hommes compétents et véritablement imprégnés par les valeurs des Lumières, l'individu et la liberté, qu'ils sont prêts à défendre. Les terroristes ont très souvent eu des relations amicales de très grande proximité avec leurs victimes et les distinguer des non-terroristes est difficile puisque, on l'a d'ailleurs vu plus haut, beaucoup de ceux qui envoient à la guillotine Robespierre et ses amis ont été eux-mêmes d'ardents partisans des mesures terroristes – comme Joseph Fouché, célèbre pour avoir réprimé dans le sang l'insurrection lyonnaise, ou de Jean-Lambert Tallien.

Arrive alors le 9 thermidor. La « Grande Terreur » menace de plus en plus de dirigeants politiques ou économiques, soumis à des investigations pas toujours injustes (pour Tallien ou Fouché par exemple). Par ailleurs, la situation militaire s'est considérablement améliorée et le danger qui menace la France n'est plus aussi général. Un certain nombre de députés de la Convention, le 9 thermidor de l'an II, soit le 27 juillet 1794, utilisent les armes législatives dont ils ont toujours disposé pour destituer et mettre en accusation Robespierre et vingt et un autres députés conventionnels. Cette mise en accusation engendre donc des procédures qui, là encore, existent dès le début de la Terreur : les accusés sont privés de défense et ne peuvent pas parler ; sauf qu'à la différence de ce qui s'est passé en juin 1793, il ne s'agit pas ici d'une proscription des députés mis en question, mais bien d'une exécution en bonne et due forme. Vingt-deux députés de la Convention, dont Maximilien Robespierre et son frère Augustin, dont Saint-Just et Couthon également, ainsi que plus de soixante-dix autres personnes parmi lesquels les principaux dirigeants du club des Jacobins parisien, sont immédiatement exécutés dans des conditions de très grande violence qui rappellent les violences spontanées auxquelles on avait pu assister avant la Terreur. Robespierre, dont la mâchoire a été fracassée par un coup de pistolet, ainsi privé de dernières paroles dont l'histoire aurait probablement été marquée, est traîné, sanguinolent, sur l'échafaud. On empêche autant que possible les suicides, on guillotine le paralytique Couthon en le renversant de son fauteuil. L'exécution de Robespierre et des robespierristes est un épisode particulièrement violent et son examen fait regarder aujourd'hui avec une certaine distance ironique l'exaltation mystique de Lamartine devant la générosité et la grandeur des Girondins, défenseurs des Droits de l'homme, des libertés individuelles et incarnations mythifiées de l'idéal des humanistes philanthropes.

Chapitre IV

L'invention d'un monde nouveau

I – Un nouvel espace national

La Révolution française est véritablement le lieu d'une nouvelle approche de l'espace national. Alors que Mirabeau décrit la France de 1789 comme « un agrégat inconstitué de peuples désunis », en 1799, ce n'est plus le cas.

Tout d'abord, la Révolution a poursuivi une œuvre largement entamée par le XVIIIe siècle, celle du développement des réseaux routiers à l'intérieur du territoire, et de fait, les connexions à l'intérieur de ce territoire sont de mieux en mieux assurées. Les routes sont de plus en plus sécurisées ; l'un des épisodes les plus célèbres de l'histoire des faits divers met d'ailleurs bien en évidence ce caractère devenu normal d'une circulation à grande distance : c'est la fameuse affaire du courrier de Lyon, l'attaque d'une malle-poste en 1796 sur la route reliant Paris à Lyon qui n'a jamais été élucidée.

Cela témoigne que la Révolution a achevé un processus de circulation à l'intérieur du territoire en banalisant les voyages ; c'est d'ailleurs une diligence normale que Charlotte Corday a prise pour rallier Caen à Paris et venir y assassiner Marat, l'ami du peuple. La Révolution poursuit donc l'organisation des réseaux routiers dans le pays comme à l'intérieur de Paris.

Elle rationalise également l'espace national, en inventant à la fois les départements, les cantons et les communes. Ces divisions et subdivisions de l'espace viennent se substituer à un imbroglio improbable qui faisait que les divisions militaires des gouvernements ne correspondaient pas sous l'Ancien Régime avec les divisions fiscales et policières des intendances, qui elles-mêmes ne coïncidaient pas avec les divisions de la fiscalité indirecte de la gabelle, qui elles-mêmes étaient en décalage avec les divisions religieuses, lesquelles devaient être combinées selon qu'on considérait qu'il s'agissait des divisions du clergé régulier ou du clergé séculier ; en bref, une chatte n'y aurait pas retrouvé ses petits.

La logique qui préside à la réorganisation du territoire national est une logique éclairée, qui part du principe que tout citoyen doit pouvoir être au contact des représentants de l'autorité publique en moins d'une journée. Le département repose donc sur ce principe-là. Au cœur du département, ce que l'on appelle aujourd'hui la préfecture – en fait le « chef-lieu de département » – doit pouvoir être rejointe de tous les coins du département en moins d'une journée de cheval. Cette logique explique la configuration de nos départements dont la forme généralement compacte renvoie à ce désir. Cela passe également par un certain nombre de choix plus ou moins symboliques. Il est assez probable pour le département de la Marne, par exemple, que le choix originel de Châlons-sur-Marne – aujourd'hui en Champagne – comme capitale de département, plutôt que Reims, est lié au fait que Reims, ville des sacres royaux, représentait l'absolutisme monarchique.

Le découpage départemental s'inscrit le mieux possible dans des logiques de coutumes anciennes : assez peu de régions sont déchirées et, au contraire, ces départements sont assez rapidement des éléments auxquels s'identifient les populations. Deux exemples contrastés peuvent nous le montrer : tandis que le département des Vosges est très fier de pouvoir être le premier à répondre à un appel national à souscription en 1800, ce qui fait que la ci-devant place Royale devient la place des Vosges, en Vendée, les paysans se reconnaissent comme des paysans vendéens et non pas des paysans de l'Aunis, de la Saintonge ou de l'Angoumois ; ils entérinent ainsi le fait qu'il y a eu intégration de ces nouvelles circonscriptions départementales par une large part de la population, même la plus rétive.

2 – De nouveaux lieux d'identité nationale

Accompagnant le nouveau découpage du territoire, les lieux d'identité eux-mêmes sont renouvelés. On peut prendre bien sûr l'exemple très symbolique de la transformation de l'église Sainte-Geneviève, qui venait juste d'être inaugurée, en Panthéon ; transformation entérinée en 1791 et validée par l'arrivée débattue mais assez rapide des cendres de Voltaire et de Rousseau. Cette transformation est le signe que, désormais, ce n'est plus la foi ni la religion qui incarnent le sentiment national, mais les bâtiments civiques, comme ce Panthéon dédié « aux grands hommes, la patrie reconnaissante » et qui aujourd'hui, par bonheur, honore aussi des femmes.

Ce qui est vrai à l'échelle de la nation l'est également à l'échelle du département, du canton et de la commune. La mairie devient un endroit capital, puisque, dès 1789, une partie des prérogatives de l'Église est confiée à la mairie, en particulier tout ce qui relève de l'état civil.

Désormais, le vrai mariage, le seul mariage utile, c'est le mariage à la mairie, qui devient d'ailleurs le mariage républicain après 1792. Autrement dit, avec notamment l'enregistrement des naissances et des décès par l'état civil municipal, c'est l'encadrement de la vie qui est transféré de l'Église à l'État. La mairie devient alors un temple de la citoyenneté et de l'identité nationale, un lieu où doit s'organiser la sociabilité nouvelle. Les choses peuvent être compliquées, parce que les mairies n'existent pas toujours en tant que telles, parce que le choix du bâtiment ou la construction des bâtiments peuvent prendre un certain temps ou être soumis à des aléas, comme c'est le cas dans une partie des régions de l'Ouest, mais ce transfert de la religion à l'État est une réalité qui modifie considérablement les représentations que se font les citoyens de leur place dans la patrie.

De fait, cette approche nouvelle de l'espace national renvoie également à la diffusion d'un certain nombre de notions nouvelles, dont on peut rappeler qu'elles sont la liberté, l'égalité, la fraternité, la nation, la patrie. Il existe de très nombreuses traces d'attachement très rapide à ces valeurs : les soldats qui, le 20 septembre 1792, descendent depuis les hauteurs du moulin de Valmy, se précipitent sur les Prussiens en criant « vive la République », « vive la liberté » ou « la liberté ou la mort », sont des gens du peuple qui croient dans cette terminologie. Lorsque l'on explique, à l'entrée de chacune des filiales du club des Jacobins, « Nul n'entre ici s'il n'est citoyen », on donne à ce terme une véritable valeur.

Enfin, la frontière qui protège la patrie est une notion fondamentale. De ce point de vue, la Révolution vient en quelque sorte terminer l'effort entamé par Vauban, celui de la linéarisation de l'espace national. Nous l'avons dit, un certain nombre de régions qui étaient encore des enclaves étrangères sont incorporées à l'espace par volonté des populations, c'est le cas du Comtat Venaissin et d'une partie des territoires alsaciens, si bien qu'entre 1792 et 1799, l'expansion française se fait en fonction d'une conception linéaire des frontières, qui fait par exemple que la France s'étend jusque sur la rive gauche du Rhin.

Conception linéaire des frontières qui doit d'ailleurs aboutir à la diffusion du modèle français dans toute l'Europe et dans le respect des peuples de l'Europe.

3 – Les mutations sociales

En même temps que le rapport du citoyen à son territoire, les rapports entre les individus eux-mêmes changent. En effet, la société tout entière est transformée, parfois de façon presque caricaturale ou anecdotique, de notre point de vue. Par exemple, le tutoiement est obligatoire entre 1792 et 1794, ou encore, comme nous l'avons déjà vu, après le 9 thermidor, on interdit la prononciation du « r » dans la jeunesse des milieux de la petite bourgeoisie parisienne, ce qu'on appelle les « Incroyables » et les « Merveilleuses ». Nous sommes là dans l'ordre de l'anecdotique, mais cela rappelle que le fait linguistique est toujours porteur d'un contenu social et politique très fort.

Dans ces relations sociales, on voit l'émergence de personnalités sociales et politiques nouvelles dans des catégories qui transcendent les clivages préexistants. Les esclaves révoltés de Saint-Domingue deviennent, entre 1791 et 1794, des symboles pour les révolutionnaires ; les représentants qui sont envoyés afin de rétablir l'ordre doivent entériner la libération de ces esclaves et, le 5 février 1794, Robespierre fait décréter son abolition dans toutes les colonies françaises. « Moi, Libre aussi ! », proclame, dans une gravure célèbre, un Noir coiffé d'un bonnet phrygien – considéré donc à l'égal d'un sans-culotte par l'opinion publique révolutionnaire. Le personnage du sans-culotte est en effet, quant à lui, l'un des personnages les plus marquants de la période. Il se définit par une nouvelle combinaison socio-économique : il est pauvre mais cultivé, ou relativement cultivé. C'est-à-dire qu'il a un accès direct ou indirect à la culture écrite et qu'il a les moyens de subsister. Le sans-culotte est avant tout un travailleur, c'est une identification sociale assez forte. Deuxièmement, il a une identification politique : le sans-culotte défend la patrie et est pour la participation directe des pauvres à l'action politique. Troisièmement, le sans-culotte est prêt à défendre par les armes ses droits et ses libertés.

Au-delà de l'identification socio-politique, le sans-culotte se définit par une identification culturelle. Outre le « tu », il va régulièrement au théâtre assister aux pièces de Parein ou de Gonor, et voir *Le Jugement dernier des rois* de Sylvain Maréchal. La Révolution donne naissance à un théâtre militant extrêmement actif dont le sans-culotte est l'âme. Sa figure est le moteur de ces fêtes révolutionnaires qui se succèdent de 1789 à 1799. Ce qu'on appelle une « fête révolutionnaire » est une procession ritualisée, entourée par une foule enthousiaste.

La fête de la Fédération du 14 juillet 1790, celle que l'on célèbre aujourd'hui lorsque l'on fête notre Fête nationale, est la plus célèbre de ces fêtes révolutionnaires, mais se sont succédées des fêtes de l'Être Suprême, des fêtes en mémoire des gardes suisses de Chateauvieux, des fêtes en mémoire de Simoneau, le maire d'Étampes tué pour avoir tenté de s'opposer à une émeute frumentaire en mars 1792, etc. Entre 1792 et 1794, ces fêtes révolutionnaires, qui ont été très bien étudiées par Mona Ozouf, utilisent souvent des ressources humaines d'un très grand prestige puisqu'elles peuvent être scénographiées par le poète Marie-Joseph Chénier ou le peintre Jacques-Louis David et mises en musique par Gossec ou Méhul. On utilise les stars de l'époque, comme nous l'avons fait le 14 juillet 1989 d'ailleurs, dans le grand défilé en faisant appel au chorégraphe Jean-Paul Goude ou à la cantatrice Jessye Norman.

Au héros sans-culotte s'opposent, au moins jusqu'en 1794, un certain nombre d'antihéros. Ainsi, on voit apparaître dans les gravures des corps, qui ont été bien étudiés par Antoine de Baecque, soit extrêmement maigres, soit au contraire extrêmement gros, avec une caricature et une métaphorisation usant très largement des thématiques de la scatologie et du sexe, pour dénoncer les sociétés contre-révolutionnaires : celles des aristocrates et des « noirs » – c'est-à-dire les curés.

La Révolution française a vu ces relations sociales se reconstruire sur le plan de la confrontation violente, alors même que son objectif était de permettre la régénération de la société et l'affirmation de la liberté et de la fraternité. On retrouve toujours cette idée du contraste et de la contradiction, qui explique d'ailleurs une bonne partie des convulsions révolutionnaires. Régénérer la société, c'est affirmer que la France peut être un modèle et, c'était là l'idéal des Girondins, diffuser le modèle français à l'ensemble de l'Europe des rois.

4 – Les guerres de la Révolution au service de la nation

La période 1789-1799 voit enfin l'émergence de l'idée de la grande nation. J'évoquais la pièce de Sylvain Maréchal, *Le Jugement dernier des rois*. On y voit en effet des rois emmenés dans un bateau, sur une île, où ils seront en prison, seuls, à se garder les uns les autres. Sous le regard ironique des sans-culottes, ils s'aperçoivent qu'ils ne sont que des hommes, forcés de dénoncer les uns aux autres leurs propres vilénies. La conclusion de ce *Jugement dernier des rois* est un immense tremblement de terre ; leur monde s'effondre et les engloutit.

Le message est donc également que la Révolution doit s'imposer à toute l'Europe. Le tsar de Russie, l'empereur d'Autriche, les princes allemands, tous sont dans la barque qui arrive sur l'île du jugement dernier et de fait, les guerres de la Révolution ont exporté celle-ci dans toute l'Europe.

Le déclenchement effectif de la guerre a donc lieu le 20 avril 1792, même si les premières confrontations avec l'Angleterre se sont déroulées au large des Antilles dès 1791. La première période est celle d'une succession de désastres, avec des troupes qui se révoltent contre leurs propres officiers en France. Ces officiers étant largement des officiers issus de l'armée de l'Ancien Régime, on comprend qu'en effet, la méfiance des troupes soit grande.

À partir de l'été 1792, les engagements de volontaires se multiplient et les effectifs de cette armée vont croissant, ce qui permet probablement de comprendre pourquoi les invasions du territoire peuvent être stoppées à l'automne 1792, lors de la bataille de Valmy.

1793 est occupée par des incertitudes sur le front de la guerre extérieure avec une alternance de défaites et de victoires – Anschütz, Neerwinden – et par l'éclatement de guerres civiles à l'intérieur du territoire – vendéenne, chouanne et fédéraliste. Face à cela, les mesures prises par le gouvernement terroriste, en particulier sous l'égide de Lazare Carnot, sont très efficaces ; l'armée est réformée et unifiée, et un nouveau personnel de jeunes officiers, qui avaient souvent été bridés par l'édit de Ségur de 1781, peut affirmer l'ensemble de ses compétences. On met également les savants au service de l'armée et, effectivement, à partir de 1794, la Révolution peut s'étendre dans toute l'Europe.

Cela a pour conséquence l'incorporation d'un certain nombre de territoires à la France : elle atteint au maximum, à l'époque de Napoléon Bonaparte,

130 départements, jusqu'à Rome et Genève, ce qui se combine avec la création de ce que l'on appelle des républiques sœurs.

Entre 1796 et 1799, les créations de républiques se succèdent dans toute l'Europe, sur le modèle de la République directoriale. Elles portent de jolis noms à l'antique : la République helvète, la République parthénopéenne, la République ligure, la République romaine. Ces républiques sont des tentatives d'achever l'exportation des valeurs de la France révolutionnaire dans toute l'Europe, mais sont des échecs relatifs. Robespierre l'avait bien dit, en 1792 : « Personne n'aime les missionnaires armés » – il était hostile à la guerre – ; ces républiques sont donc naturellement mal accueillies par les populations.

La grande nation a toutefois réussi l'exportation d'un certain nombre de valeurs : la liberté, les droits du citoyen, la nation elle-même et, ce que les guerres de la Révolution ont probablement le mieux exporté, la popularisation du sentiment national. Beethoven en est un bon exemple, lui qui, d'abord fasciné par les armées de Napoléon, a failli jeter au feu la symphonie *Héroïque* qu'il avait voulu lui dédier lorsque ce dernier s'est fait couronner empereur. La nation française exporte donc dans toute l'Europe ses institutions, ses valeurs et ses pratiques politiques à la pointe des baïonnettes.

Cette grande nation est finalement guidée par de jeunes généraux dont l'éclat est exceptionnel : Hoche, Marceau, Jourdan, Moreau ; des généraux qui meurent d'ailleurs fréquemment au combat après avoir été élus par leurs compagnons. Le plus illustre d'entre eux, Bonaparte, est rappelé ici pour sauver la République directoriale, puis renvoyé – on tente de le perdre – pour une campagne égyptienne. Ce général décide de ne pas mourir en Égypte et d'utiliser les relations qu'il a pu avoir à Paris pour prendre le pouvoir à son retour et faire ce que Sieyès lui demande, c'est-à-dire terminer la Révolution.

Cinquième partie

Le granit et le sang
1799-1815

Introduction

L'époque de Bonaparte puis l'époque de Napoléon peuvent être définies comme des temps de granit et de sang. *Granit* parce que l'expression des « masses de granit », sur laquelle nous reviendrons, est l'une de celles autour desquelles se construit la durée de l'époque napoléonienne ; *sang* parce qu'il a littéralement irrigué l'ensemble des terres sur lesquelles s'est exprimé le pouvoir de Napoléon Ier.

De fait, le moment napoléonien est un moment de légende, épique, qui doit beaucoup à Victor Hugo – « Ce siècle avait deux ans ! Rome remplaçait Sparte, / Déjà Napoléon perçait sous Bonaparte ». Victor Hugo fait d'ailleurs de Napoléon le Grand une figure presque divine, face à celui qu'il dénonce à partir de 1851 et qu'il surnomme Napoléon le petit. Dans *Les Misérables*, à propos de Waterloo, Victor Hugo a cette formule : « Il était temps que cet homme vaste tomba, il gênait Dieu. » On voit donc à quel point cette période, qui dure tout de même quinze ans, soit la moitié d'une génération, est très exceptionnellement rattachée à un seul homme. Cela nous renvoie à d'autres siècles, celui de Louis XIV par exemple, où en effet, la volonté d'un seul est capable de transformer la vie de tout un pays.

Il faut naturellement par rapport à cette légende apporter d'énormes nuances. Tout d'abord, Napoléon est entouré par des élites dont beaucoup existent avant et résistent à sa chute ; deuxièmement, parce qu'une bonne partie des innovations que l'on rattache à son règne sont en fait des innovations antérieures, ou dont il n'est que très indirectement responsable. Troisièmement enfin, parce qu'aborder cette époque en se demandant si elle est effectivement le moment de Napoléon, ou s'il s'agit seulement du moment au cours duquel Napoléon a vécu, c'est aborder une mauvaise question.

Ce qui semble clair est que, durant ces quelque quinze années, une partie importante de ce qui constitue la France des XIXe et XXe siècles s'est construite dans le cadre d'un contexte constant de guerre. Il n'y a que quelques mois de paix entre 1801 et 1804, et peu d'autres dans la France napoléonienne.

Ces aspects contrastés doivent également être mis en relation avec un bilan humain et économique de cette période impériale très débattu ; il est d'ailleurs sur ce point difficile de dissocier la période impériale de la période révolutionnaire.

Trois moments organiseront notre parcours dans les quinze années napoléoniennes : tout d'abord un moment politique, de la dictature à l'Empire ; puis un moment plus économique et culturel ; et enfin un moment plus strictement militaire, même si je ne rentre pas dans le détail des opérations militaires que l'on trouvera aisément ailleurs.

Chapitre I

De la dictature à l'Empire

I – Le triomphe de l'exécutif

Entre 1799 et 1804, la France passe de la dictature à l'Empire. Le terme de « dictature » doit ici être pris dans son sens original, son sens politique romain. César, après Marius et Sylla, a été dictateur de la République romaine, c'est-à-dire qu'il a reçu une magistrature d'exception de six mois – et non d'un an comme pour les magistratures classiques – qui lui a donné, avec la légitimité des institutions en place, en l'occurrence le Sénat et le peuple romain, le pouvoir nécessaire pour sauver la République en temps de crise. César a transformé en magistrature perpétuelle cette fonction temporaire : accusé de tyrannie, il a été assassiné pour cela.

Concernant Bonaparte, le terme de « dictature » est d'ailleurs excessif. En effet, le coup d'État du 18 brumaire ne crée pas un dictateur, mais trois consuls : Bonaparte, Ducos et Sieyès. Parmi ces trois consuls, l'un d'entre eux obtient bientôt des pouvoirs exceptionnels, le Premier Consul, Napoléon Bonaparte.

Que signifie cela ? D'abord, que le Consulat, c'est encore la République. Autrement dit, on ne se situe pas dans l'optique immédiate d'une rupture avec ce qui a été fondé depuis 1792. Cela signifie également qu'on souhaite sortir d'une situation d'exception, qui pourrait s'apparenter à la Terreur, et entrer dans une situation de légalité. En effet, à la différence du dictateur, le consul, dans le monde romain, est un magistrat légal dont le mandat à une durée définie et qui, surtout, travaille en collaboration avec son collègue ; il y a deux consuls dans la République romaine idéale. Là, l'idée de la collégialité de l'exécutif est encore plus forte puisqu'il y a trois consuls.

En outre, Napoléon Bonaparte fait immédiatement rétablir ce que le Directoire avait abandonné, à savoir le suffrage universel. Très vite, le bonapartisme politique se définit selon le cadre qui reste le sien jusqu'au XXIe siècle : la légitimité du pouvoir exécutif est fondée sur le suffrage universel, dans une relation directe entre l'exécutif et le peuple souverain. Cette légitimité universelle lui octroie une puissance qui le rend à la fois supérieur et indépendant du pouvoir législatif. L'âme du bonapartisme, telle qu'elle avait pu être identifiée par le grand historien René Rémond, est donc en germe dès la mise en place du Consulat.

Le nouveau système s'accompagne d'une Constitution adoptée dès le mois de décembre 1799, la Constitution de l'an VIII, qui préserve la formule républicaine, réaffirmant notamment le rôle du peuple dans la légitimité du pouvoir. Elle donne à l'exécutif non plus une autonomie, mais bien une supériorité par rapport au pouvoir législatif. Bonaparte est en effet convaincu que la faiblesse de la République est le résultat de la trop grande capacité du pouvoir législatif à empêcher l'exécutif d'aller au bout de ses décisions. C'est un Jacobin, qui voit dans les échecs de la Convention et du Directoire la conséquence du pouvoir laissé aux assemblées de renverser les gouvernements. Du constat des débats politiques qui avaient opposé les différentes factions de la Convention puis des instances législatives du Directoire, Napoléon Bonaparte déduit que seule la puissance de l'exécutif peut éviter l'impuissance du politique.

De fait, très vite, le Consulat prend une série de décisions qui affirment sa puissance dans l'ensemble du territoire. C'est ainsi que le 17 février 1800 sont créés les préfets. L'héritage romain se fait encore sentir dans ce titre d'origine romaine ; on voit aussi l'héritage jacobin, puisque les préfets ont des pouvoirs qui ressemblent tout à fait à ceux dont étaient investis par la Convention les représentants en mission, bras armé du pouvoir central dans les départements.

Ces décisions montrent à quel point, très vite, le bonapartisme s'est imposé comme le triomphe de l'exécutif sur le législatif. Les tribunaux sont réorganisés assez rapidement et, de fait, Napoléon Bonaparte s'entoure très tôt de ce qui apparaît comme une véritable cour, républicaine et militaire, dont la puissance est à la fois liée à la légitimité populaire, puisque la Constitution de l'an VIII a été adoptée par plébiscite, et à la force de l'armée derrière son général victorieux.

2 – Bonaparte et le bonapartisme

Cette capacité à fédérer autour de lui à la fois l'enthousiasme du suffrage et l'obéissance des soldats pose tant la question de la nature du bonapartisme que celle de l'homme lui-même.

Napoléon Bonaparte est donc né en Corse en 1769. Issu de la petite aristocratie locale, il fait ses études à l'école militaire de Brienne-le-Château, en Champagne, la légende voulant qu'il ait été le général des batailles de boules de neige auxquelles il se livrait avec ses petits camarades. Quoi qu'il en soit, il s'engage dans l'armée révolutionnaire comme officier et devient très rapidement officier supérieur, choisi pour ses compétences et son talent, en particulier en matière d'artillerie, par ses camarades de combat. Il fait lever par les Anglais le siège de Toulon en 1793 et, dès cette époque, s'impose comme l'un des plus célèbres et des plus efficaces officiers de cette armée révolutionnaire dont il est l'un des symboles, au même titre que les Jourdan, Moreau, Hoche ou Pichegru, qui se multiplient à l'époque. Il est aussi un Jacobin convaincu, certain de la grandeur du peuple, de l'autorité de l'exécutif et des valeurs de la Révolution.

Il se démarque toutefois des autres généraux en ne mourant pas, ce qui est une qualité rare, puisque la plupart de ses concurrents sont morts, que ce soit sur les champs de bataille ou d'épuisement. Il devient ainsi très vite l'un des recours permettant au Directoire, à plusieurs reprises, d'échapper à des coups d'État monarchistes. Il est un général aussi républicain qu'efficace. Une partie des dirigeants du Directoire ne perçoit pourtant pas bien qu'il est en même temps un général politique, grand lecteur des *Commentaires sur la guerre des Gaules* de Jules César, qui a vite compris que, pour s'attacher la fidélité de ses troupes, il faut être présent, leur montrer qu'on est avec elles ; il est d'ailleurs capable d'inventer un certain nombre de légendes : ce n'est pas lui qui franchit, drapeau au poing, le pont d'Arcole à la tête de ses troupes, mais un sous-officier qu'il a désigné ; il crée lui-même immédiatement cette légende, qui perdure encore aujourd'hui, et la fait immortaliser par une toile de Gros.

Par l'intermédiaire de ses discours et de sa présence, par l'intermédiaire également du *Bulletin de l'armée d'Italie* dès la campagne de 1796, il développe donc une propagande qui lui attache ses soldats, d'autant plus qu'il les mène à la victoire. Sa campagne italienne reste marquée d'une auréole de victoires presque miraculeuses par leur succession irrépressible. On se souvient du formidable début de *La Chartreuse de Parme*, dans lequel Stendhal, qui fait partie de l'intendance de Napoléon Ier, décrit cette campagne d'Italie : « Le 15 mai 1796, le général Bonaparte fit son entrée dans Milan à la tête de cette jeune armée qui venait de passer le pont de Lodi, et d'apprendre au monde qu'après tant de siècles César et Alexandre avaient un successeur. »

Très vite, le Directoire conçoit que celui qui l'a sauvé puisse être un danger. Il l'envoie donc se perdre en Égypte, décision à la pertinence contestable, parce que l'Égypte constitue un tremplin important pour la célébrité de Napoléon Bonaparte qui décide, en 1798, de se faire accompagner par une série d'artistes et de savants. L'entourage scientifique a toujours été une des caractéristiques du gouvernement de Napoléon Bonaparte ; le plus célèbre de ces savants est un personnage très étonnant, fondateur du département d'Égypte du musée du Louvre, Vivant Denon, célèbre aussi pour avoir, à la fin de l'Ancien Régime, écrit de délicieux romans libertins.

Napoléon est adulé par ses troupes ; républicain et victorieux, il est également un général généreux. De retour de sa campagne d'Égypte, il est à la fois à la tête d'un mouvement républicain souhaitant le rétablissement de l'ordre, et en même temps à la tête d'une puissance militaire contre laquelle plus aucune alternative n'existe. Lorsque Sieyès, Cambacérès et Ducos se réunissent pour participer à la préparation de son coup d'État, c'est un peu le succès qui vole au secours de la victoire, c'est-à-dire que le rapport des forces est déjà incontestablement en sa faveur. Aujourd'hui, on pourrait comparer sa situation à celle du général de Gaulle en 1958, qui prend le pouvoir en sachant déjà ce qu'il va en faire. Son héritage napoléonien a d'ailleurs été très clairement décrit par René Rémond dans *Les Droites en France*.

Le bonapartisme est donc une doctrine jacobine, républicaine, centralisatrice, militaire, autoritaire et populaire. Si l'on y ajoute la foi dans la modernité et dans le libéralisme économique, on comprend la complexité de cette construction intellectuelle. Il remporte très vite des adhésions nombreuses, à la fois de la part des héritiers du jacobinisme qui se rallient en masse, comme Cambacérès, au nouveau consul, et de la part des vaincus de la Révolution française, fascinés par le personnage. Talleyrand et Fouché reviennent d'émigration, tout comme un certain nombre de ceux qui se sont engagés contre la République et qui acceptent de revenir dans son giron parce que, désormais, elle est incarnée par ce général étonnant, ce jeune homme brun au visage en lame de couteau, fascinant à tous points de vue, qui ne dort que deux ou trois heures par nuit et qui est capable de dicter quatre lettres à la fois.

Dès le début et tout au long de sa carrière, Napoléon a entretenu autour de son propre personnage une légende et une propagande nous initiant d'assez près à ce que le XXe siècle a connu sous le nom de culte de la personnalité. Le bonapartisme s'inscrit dans des institutions dont nous avons vu à quel point elles étaient héritées – les préfets, les consuls – de l'idée impériale.

3 – L'Empire

Et de fait, ce que les conquêtes de Napoléon Bonaparte ont permis de faire, c'est élaborer un nouvel

Empire romain. Les départements s'accumulent pour atteindre le nombre de cent trente en 1807, s'étendant de l'Italie centrale jusqu'aux confins de l'embouchure du Rhin. L'ensemble constitue donc un espace extrêmement important dont les frontières sont linéaires et gardées par une armée puissante, qui incorpore les populations reprises dans le territoire national. L'héritage est de nouveau celui de l'Empire romain, caractérisé par sa capacité à absorber et à intégrer les populations. C'est la même idée qui gouverne tant une partie de l'entourage napoléonien que, probablement, les choix de Napoléon Bonaparte lui-même.

Ce nouvel Empire romain, comme son glorieux prédécesseur, est entouré par un glacis de territoires avec lesquels des pactes d'alliances et de soumission divers sont signés : le Grand-duché de Varsovie, par exemple, qui reconstitue la Pologne, satisfait au sentiment national que Napoléon Bonaparte n'ignore absolument pas ; c'est le cas également de l'espace prussien dans lequel Bonaparte tient à préserver une identité nationale, même si, pour le coup, il échoue à faire des Prussiens des alliés fiables ; c'est encore le cas du royaume d'Espagne, dont il tente de faire un glacis protecteur même si, là encore, l'échec est patent. C'est d'ailleurs en Espagne que les premiers revers importants sont enregistrés.

Cet empire est romain, à la fois par ses institutions, par l'organisation de sa périphérie et par le rôle des symboles. On sait que, le lendemain de son couronnement impérial, Napoléon se rend auprès de son armée pour lui remettre l'emblème de l'Empire, à savoir des aigles impériales que brandiront les unes après les autres les différentes troupes du nouvel empereur.

Ce nouvel Empire romain intègre cependant un certain nombre des dimensions nouvelles liées à l'évolution du monde depuis le XVIIe siècle. C'est ainsi que se pose la question des colonies. Pour Napoléon, ces colonies témoignent avant tout d'un enjeu politique intérieur, sur lequel deux épisodes nous offrent une vision extrêmement contrastée.

Le premier est l'épisode de la Louisiane, qui est vendue aux États-Unis parce que Napoléon a besoin d'argent, en particulier pour renflouer les caisses de l'armée. La Louisiane, cédée aux Espagnols en 1763, avait été récupérée en 1800 par la France avec la Floride (traité de Saint-Ildefonse) ; mais la République, soumise au blocus de ses côtes, ne peut avoir de vraies relations avec sa colonie, menacée directement par l'Angleterre : Napoléon choisit de vendre la Louisiane aux États-Unis, au nom de l'amitié entre les deux puissances et pour soixante millions de francs venus fort à propos pour financer la guerre qui doit bientôt s'ouvrir.

Le second est l'épisode de Saint-Domingue et d'Haïti. Cet épisode capital nécessite un retour en arrière. Dès le début de la période révolutionnaire, la zone des Antilles et les « îles à sucre » plus généralement – Guadeloupe, Martinique et Saint-Domingue, notamment –, alors possessions françaises très importantes, sont en proie à de très vives tensions entre les colons d'origine française et les populations serviles qui, depuis les années 1780, sont de moins en moins dociles et disciplinées. Cette situation a abouti à des explosions de colère particulièrement sensibles à Saint-Domingue à partir de 1793. À Saint-Domingue, les commissaires de la République et les représentants en mission envoyés ne peuvent qu'entériner le succès de la révolte des esclaves, menée entre autres par Toussaint Louverture, et leurs rapports amènent Robespierre, l'ange de la Terreur, le criminel responsable de tant de morts, à décréter l'un des textes de loi les plus courts et les plus forts de l'histoire législative française, le 5 février 1794 : « L'esclavage est aboli dans les colonies françaises. » Sans rachat ni délai, désormais, les esclaves sont libres. Certains d'entre eux, comme Jean-Baptiste Belley, sont d'ailleurs élus à la Convention, même s'ils doivent supporter un séjour en prison par erreur lorsqu'ils débarquent sur les côtes françaises et que tout le monde pense que ce sont des évadés.

Toutefois, cette liberté aboutit à des situations extrêmement contrastées. Dans certains cas, le rapport des forces est tel que la loi n'est pas appliquée ; c'est par exemple le cas à la Réunion, où les colons considèrent qu'ils sont d'authentiques républicains, mais que sur ce point, ils ne se plieront pas à la nouvelle loi ; dans d'autres cas, la mise en application est finalement assez aisée, parce que le rapport des forces est inverse, c'est le cas de la Guadeloupe ; dans d'autres cas, la mise en place est très difficile, comme en Martinique et à Haïti, à l'époque Saint-Domingue, où cela crée une guerre d'une violence extrême qui ne cesse pas entre 1794 et 1801.

Cette guerre est accélérée, accentuée par le fait qu'autour de Napoléon gravite un parti favorable à la révocation de l'abolition et au rétablissement de l'esclavage. Joséphine de Beauharnais elle-même est issue d'une famille créole de planteurs et le problème est d'autant plus vif que les armées des esclaves révoltés en 1801 sont les premières à vaincre sur le terrain une armée napoléonienne ; ces victoires ont d'ailleurs pour conséquences, d'une part, l'octroi de l'indépendance à Saint-Domingue qui devient Haïti et, d'autre part, le renforcement de la certitude qu'il faut rétablir un ordre vigoureux dans les colonies. L'esclavage est rétabli pour une période assez durable en 1802 dans les colonies.

Il apparaît finalement que la gestion de cet empire est modelée par le modèle antique pour ce qui concerne l'Europe et par des considérations beaucoup plus fluides pour les possessions coloniales. L'essentiel est en effet de préserver et de structurer les acquis révolutionnaires et impériaux.

4 – Préserver et structurer les acquis

À la suite du Consulat, l'Empire a étoffé un certain nombre d'acquis révolutionnaires décisifs ; en premier chef, l'égalité devant la loi. Bien sûr, cette égalité est nominale, pas forcément réelle. Comme à l'époque de La Fontaine, « selon que vous serez puissant ou misérable / Les jugements de cour vous rendront blanc ou noir ». Néanmoins, le fait que l'égalité soit inscrite dans la Constitution, que le paysan puisse défendre sa propriété contre le puissant, tout cela est régulièrement réaffirmé par la propagande napoléonienne et fait l'objet de régulières promotions. Ainsi, non seulement cette égalité est un fait célébré par la propagande napoléonienne, mais elle aboutit aussi à la volonté de promouvoir les talents, indépendamment de l'origine sociale ou culturelle.

De fait, la période napoléonienne voit le développement de systèmes qui préexistaient ; dans l'école par exemple, les systèmes de bourses permettent de développer l'idée que, avec du mérite et du courage, on peut grimper dans la société. L'étoffement de l'acquis révolutionnaire de l'égalité devant la loi est une réalité, même si les contraintes sociales restent très fortes.

Autre acquis révolutionnaire renforcé : le pouvoir du citoyen de participer à la chose politique. La période napoléonienne est sur ce point particulièrement complexe : tandis que, d'un côté, un pouvoir autoritaire et militaire exerce un contrôle croissant sur l'opinion, d'un autre, ce même pouvoir a le souci incessant, y compris en 1815, lors des Cent-Jours, d'être légitimé par l'adhésion du peuple. Ce souci explique que des campagnes électorales aient régulièrement lieu pour les nominations aux différentes fonctions, au sein d'un pouvoir législatif très dilué ou au sein du pouvoir judiciaire.

L'économie est renforcée selon le même principe. Non seulement, en effet, les principes d'un libéralisme favorisant la concurrence et la libre entreprise sont développés, mais encore est fixé un système fiscal destiné à durer pendant tout le XIXe siècle, qui repose sur l'universalité de l'impôt – c'est un fait que Napoléon entérine définitivement – et sur sa proportionnalité au marqueur de la richesse. Ce sont ce que l'on appelle les « quatre vieilles ». Les quatre impôts fondamentaux sont :

- l'impôt foncier : le propriétaire paie selon ses terres ;
- l'impôt mobilier : le propriétaire paie selon ses possessions mobilières ;
- la patente : l'employeur paie en fonction de la taille de son entreprise ;
- l'impôt sur les portes et fenêtres : le propriétaire paie selon ses possessions immobilières, évaluées selon ces deux critères. C'est la raison pour laquelle, encore aujourd'hui, on trouve de nombreux immeubles de la fin du XVIIIe siècle dont certaines fenêtres sont bouchées.

L'impôt est le reflet d'une société dans laquelle tous doivent contribuer à raison de leurs possibilités. Dans ce cadre, l'étoffement des acquis révolutionnaires est également la réaffirmation d'un certain nombre de valeurs : la liberté, l'égalité, la République, au moins jusqu'en 1804. La symbolique, notamment à travers le drapeau tricolore répandu sur l'ensemble du territoire européen, accompagne ce renforcement. Ces rappels aux valeurs républicaines se diffusent jusque dans les catéchismes impériaux, outils de culte à l'empereur, diffusés à partir de 1804.

Chapitre II

Une société bonapartiste aux bases de granit

I – Les institutions

Les « masses de granit » sont l'expression, tirée d'une déclaration de Bonaparte, par laquelle on a désigné très tôt les apports législatifs du bonapartisme à la société française.

Le premier d'entre eux est le Concordat, qui établit la relation entre les Églises – catholique, protestante et communauté juive – et l'État. La base est que l'État garantit les moyens d'existence à l'institution ecclésiastique quelle qu'elle soit, tandis que, de son côté, celle-ci n'intervient pas dans les affaires de l'État tant qu'il ne la sollicite pas. Ce système concordataire a perduré en France jusqu'en 1905, modelant pour très longtemps les relations entre la religion, et en particulier la religion catholique dominante, et l'État français.

Autre masse de granit, les préfets instituent le rapport entre l'échelon départemental et le pouvoir exécutif. Ils sont des relais, dont le pouvoir est tel que les préfectures deviennent de véritables palais de l'État – certaines d'entre elles reprenant d'ailleurs les locaux palatiaux des anciens intendants, comme à Metz ou à Besançon.

Les institutions financières se stabilisent également, avec notamment la création de la Banque de France et du franc germinal ; Banque de France dont la gestion est confiée à un groupe de régents, qui, collectivement, vont donner à la monnaie française une stabilité pour tout le XIXe siècle. Ces deux institutions permettent à l'économie de se déployer sur une base monétaire très solidement assise et de comprendre pourquoi, au cours de cette période, les innovations en matière d'économie se multiplient. La construction à Paris du palais de la Bourse par l'architecte Brongniart marque bien dans l'espace le prestige de la finance.

Il n'est pas caricatural de dire que, très paradoxalement, alors qu'il a rétabli l'esclavage, Napoléon a permis la naissance de ce qui a rendu véritablement possible son abolition en 1848 par le biais de l'entreprise de Benjamin Delessert.

Benjamin Delessert est celui qui fait comprendre à Napoléon qu'il serait intéressant, surtout en temps de blocus, de faire du sucre à partir de la betterave selon une technique importée d'Allemagne. Le développement de la betterave à sucre, favorisé par Napoléon Ier, a eu pour conséquence immédiate l'effondrement des revenus des grands planteurs et donc l'effondrement de la rentabilité du système de l'esclavage dans les colonies. À partir du moment où ce n'était plus rentable, l'abolir ne posait plus vraiment de difficultés.

Quoi qu'il en soit, les réformes économiques de Napoléon, que ce soit en termes d'incitation ou d'encadrement, constituent une autre partie de ces masses de granit et, si Napoléon a ainsi valorisé l'initiative individuelle et l'invention, c'est qu'il a également voulu transformer la relation des Français avec leur culture et leur savoir.

2 – Éducation et Code civil

Sur tout le territoire sont créés des lycées, avec souvent des noms extrêmement révélateurs : le lycée Napoléon par exemple – futur lycée Henri IV –, ou le lycée Bonaparte – futur lycée Condorcet. Ils sont créés dans tous les départements, en proportion du public susceptible d'y entrer, et organisés comme de véritables casernes : l'uniforme y est de rigueur, la cloche y règle les heures et une hiérarchie d'officiers et de sous-officiers mène les troupes que sont les élèves vers l'excellence de l'État français, comme le décrit dans *Les Contemplations* Victor Hugo, dans son très beau poème consacré au maître d'étude. L'État est très profondément militarisé ; c'est un État militaire et viril qui est institué par la dernière de ces masses de granit, c'est-à-dire le Code civil.

Le Code civil, dans les différentes moutures jusqu'à la Troisième République, reste marqué par la conception d'une société à la fois militaire et patriarcale, la femme étant une éternelle mineure, passant de la férule du père à la férule de l'époux, quand elle ne reste pas sous la férule des parents de sexe mâle qui l'entourent. Le divorce, qui reste autorisé comme il l'a été depuis la période révolutionnaire, est cependant tout à fait exceptionnel et les femmes n'ont aucune espèce de pouvoir en matière financière ou juridique. Sur le sujet de la place de la femme, le bonapartisme est une idéologie en retrait, y compris par rapport à l'idéologie rousseauiste. Il faut dire qu'au XIXe siècle, la place institutionnelle de la femme dans la société est assez comparable à celle qu'elle pouvait avoir dans la société athénienne du Ve siècle, et ce n'est pas là l'aspect le plus moderne de la construction bonapartiste.

3 – Campagnes et villes

Cette société bonapartiste, militarisée, patriarcale, nous pouvons la regarder assez rapidement. C'est sous Napoléon Bonaparte qu'ont lieu les premiers recensements systématiques et normalisés – Napoléon adore les chiffres, c'est un très bon mathématicien, qui fait également rationaliser la nomenclature des rues de Paris, avec le système des numéros pairs et impairs.

Cette société bonapartiste, on la connaît donc statistiquement de façon très fiable. Elle est composée de vingt-huit millions d'habitants, parmi lesquels 72 % de ruraux, dont l'immense majorité est constituée par des familles dépendant d'un exploitant agricole. Cela n'est pas une surprise, mais dans ce monde rural vivent également des notabilités fréquemment liées au système préservé, hérité ou inventé par le bonapartisme. La société des élites rurales compte ainsi systématiquement le curé, notable désormais incontournable grâce au Concordat, et individus aux situations fréquemment héritées de l'ancienne aristocratie, qui commence à revenir et à récupérer une bonne partie de ses propriétés.

Dans cette société rurale semble se reconstituer l'organisation sociale ancestrale, sous le regard vigilant d'autres institutions liées à Bonaparte, comme les gendarmes, très présents dans les campagnes, et les notaires, ces officiers qui contrôlent le développement de la propriété foncière, primordiale dans le monde rural.

Cette société rurale est à opposer ou à différencier de la société urbaine, dont Bonaparte et les bonapartistes se méfient. Dans l'entourage du pouvoir, tous les thermidoriens se souviennent des exactions des sans-culottes et des septembriseurs, de cette peur de la populace et de ses fureurs, des revendications scandaleuses que la Terreur avait parfois mises à l'ordre du jour : le maximum des prix, le maximum des salaires, les expropriations, les saisies, et d'autres choses qu'il convient d'oublier. La populace urbaine est donc sous surveillance.

Pour ce faire, Napoléon invente le livret ouvrier, invention remarquable d'efficacité. Le livret ouvrier est le passeport que l'ouvrier doit présenter à chaque fois qu'il arrive dans une commune, à la mairie et à son patron, ce dernier pouvant y consigner les remarques sur le comportement dudit ouvrier. Lorsqu'un ouvrier présente à un patron putatif un livret sur lequel il est écrit : « fauteur de grève », « prône l'anarchie » ou « n'aime pas le gouvernement », il n'a naturellement aucune chance d'être embauché ; on devine facilement l'effet dissuasif d'un tel outil sur les populations ouvrières.

La population urbaine fait donc l'objet d'une étroite surveillance associée au nom de Fouché, le terrible Fouché, grand policier de Bonaparte, qui n'hésite pas à utiliser des repris de justice – on connaît tous Vidocq, le plus célèbre d'entre eux. Cette surveillance est aussi associée à un contrôle de l'esprit public. La presse a joué un rôle fondamental pendant la Révolution française et, par conséquent, Napoléon fait organiser un système de censure extrêmement sévère, presque aussi sévère que celui qui avait existé pendant la période de la Terreur. La presse est soumise à un droit de timbre, à une autorisation préalable et à un contrôle *a posteriori* ; tout cela fait que la presse napoléonienne devient l'une des armes majeures de la propagande de l'Empereur.

Ce contrôle du peuple par un système de police et de propagande n'empêche cependant pas le développement, dans ces sociétés urbaines, de bourgeoisies extrêmement dynamiques.

4 – Tenir les élites et contenir les rebellions

Là encore, il suffit de se promener dans les rues de nos grandes villes pour voir à quel point l'entreprise napoléonienne a pu être efficace. Le plus symbolique est, à Paris, le palais Brongniart, du nom de l'architecte qui l'a construit pour accueillir la bourse. Hommage à la réussite de l'argent et de l'entreprise libérale des sociétés par actions et par obligations, le palais Brongniart, entouré d'un péristyle, trône sur un quartier dans lequel se multiplient les hommages de la bourgeoisie urbaine à la grandeur bonapartiste. Il y a ainsi ce quartier égyptien marqué par les rues d'Aboukir, d'Alexandrie, du Nil et du Caire.

Tout cela montre comment la société qui investit et qui transforme la ville, cette bourgeoisie bonapartiste, semble extrêmement satisfaite de son sort. Après tout, elle développe une culture propre, littéraire et théâtrale, extrêmement dynamique, incarnée par de grands acteurs qui avaient commencé leur carrière pendant la période révolutionnaire – c'est le cas de François-Joseph Talma –, incarnée aussi par des personnages dont le monarchisme militant ne les empêche pas d'accepter d'être des célébrités de salon – c'est le cas de François-René de Chateaubriand.

Les bourgeoisies trouvent en quelque sorte dans le bonapartisme un nouvel élan après la très grande peur qu'elles avaient pu connaître durant la Terreur. Elles permettent également l'expression d'un certain nombre d'oppositions, parfois timides ou modérées, Benjamin Constant en est un bon exemple, parfois acharnées, comme pour Chateaubriand. Même Talleyrand, à partir de 1807, manifeste à son tour une certaine réserve vis-à-vis de Napoléon Ier et démissionne de son poste de ministre des Relations extérieures.

Certaines oppositions reprennent aussi un certain nombre des cadres de la pensée révolutionnaire : c'est le cas des *carbonari*, mouvement exporté en Italie par d'anciens Jacobins, ou de Philippe Buonarotti, ancien compagnon de Babeuf, qui n'abandonne jamais ses activités révolutionnaires.

D'autres oppositions, enfin, sont des héritages de l'opposition contre-révolutionnaire : les chouans se réveillent en Bretagne sous la direction de Cadoudal, jusqu'à son exécution en 1804. Certaines oppositions royalistes s'expriment d'ailleurs assez précocement puisque, le soir de Noël 1800, Napoléon fait l'objet d'une tentative d'attentat rue Saint-Nicaise qui fait plusieurs morts. Il s'agit bien d'une bombe royaliste, même si, selon une procédure classique, pour ne pas se couper de ceux auxquels il doit une partie de son pouvoir, Napoléon préfère l'attribuer aux Jacobins.

La société bonapartiste identifie ses élites selon des critères nouveaux. Bien sûr, l'élite héritée de la pensée révolutionnaire, jugée au mérite, est présente. Pour distinguer cette élite, on l'institutionnalise en créant une décoration suprême : la Légion d'honneur – on retrouve le vocabulaire politique et militaire romain, signe de la militarisation de la société politique. Cette Légion d'honneur est accessible non seulement aux préfets et aux serviteurs de l'idéologie bonapartiste, mais aussi à ceux qui la servent tout simplement par leur apport économique, puisque Benjamin Delessert, par exemple, est décoré de la Légion d'honneur, de même que Christophe-Philippe Oberkampf, le président fondateur de la manufacture des cotonnades de Jouy-en-Josas, et François Richard, que l'on connaît sous le nom de Richard-Lenoir, grand entrepreneur de tissus. Est ainsi créée une légion civique distinguant les élites, à l'intérieur de laquelle est organisée une hiérarchie de type militaire.

À côté de cette légion, à partir de 1806-1807, Napoléon constitue une autre dignité, compatible avec la légion, mais de nature différente : celle de la noblesse d'Empire. Elle lui permet de légitimer aux yeux des partenaires et des autres cours le caractère impérial et donc monarchique de son système. Il recrée des comtes, des marquis et des ducs d'Empire, moins pour les opposer à ses légionnaires que pour convaincre les cours d'Europe et de Russie que l'Empire français est susceptible de devenir une monarchie comme les autres.

5 – Napoléon empereur

L'une des plus belles expressions de l'élite bonapartiste telle qu'elle apparaît à l'apogée de la période est le grand tableau de Jacques-Louis David, *Le Sacre de Napoléon*. On y voit soigneusement rangé, par le pinceau du peintre officiel, l'ensemble de ces élites : militaires, religieuses, bourgeoises et, autour de l'Empereur, la famille.

Cette famille bonapartiste joue en effet dans cette société un rôle majeur. Les frères de Napoléon ont très largement contribué au succès de sa prise de pouvoir, en 1799, et c'est cette famille qu'il répartit dans l'ensemble de l'Europe soumise à sa botte. Ses frères deviennent rois de Hollande, de Westphalie et d'Espagne, tandis que son beau-frère devient roi de Naples. Il répartit donc sa famille selon une logique qui introduit une sorte de dissonance dans le système assez cohérent d'un bonapartisme vantant le mérite. Dans ce système clanique, on ne peut douter de l'héritage des pratiques de la société corse.

Ce népotisme de Bonaparte ne renvoie assurément pas à des choix politiques ou diplomatiques, ni même à une forme de dérive personnelle, mais bel et bien à une habitude de système familial dont Napoléon ne se cache d'ailleurs ni à l'époque où il est républicain, ni à l'époque où il est Empereur. Elle s'inscrit très bien dans sa nouvelle stratégie, adoptée à partir du moment où il choisit de répudier Joséphine, en 1809, pour se marier avec Marie-Louise d'Autriche, c'est-à-dire où il a choisi de devenir un dynaste parmi d'autres, espérant avoir avec sa nouvelle épouse le fils qu'il n'a pas eu avec la première.

En effet, à ce moment-là, il lui faut un successeur et la naissance de l'Aiglon en 1811 est célébrée comme l'avenir de l'Empire ; encore un de ces jeunes personnages qui, comme Louis XVII, meurt dans la misère après avoir vécu dans la lumière.

Chapitre III

La démesure tragique

I – La Grande Armée

La démesure napoléonienne s'illustre par ces tragédies, dont celle de l'Aiglon, mise au théâtre par Edmond Rostand, est la plus célèbre. Cette démesure tragique marque les aspects militaires du gouvernement de Napoléon de 1799 à 1815.

Tout d'abord, cette guerre est un héritage : elle a commencé en 1792 et ne s'achève que dans les campagnes de 1815, après Waterloo.

Deuxièmement, elle passe par une figure nouvelle de l'armée. L'armée napoléonienne, on l'a vu, est extrêmement attachée à son chef charismatique, lequel sait lui-même s'entourer de grands officiers – on pense à Murat, on pense à Ney, qui sont eux-mêmes assez remarquables par leur fidélité globale envers Bonaparte. L'idée que les choix tactiques et stratégiques de Napoléon sont incontestables est une idée à peu près acceptée par l'ensemble de l'état-major.

L'armée est une institution dont il soigne avec un très grand soin l'organisation. Le général Daru était alors le responsable bien connu de son intendance, au sein de laquelle on a le souci relativement nouveau d'entretenir un corps d'officiers de santé permettant de soulager au mieux les douleurs des soldats. Elle est également équipée, selon une pratique mise en œuvre dès la période révolutionnaire, en fonction des critères les plus modernes de la tactique et de la stratégie : elle utilise le télégraphe optique, le télégraphe Chappe mis en place pendant la Révolution sur tout le territoire et constitué de bras articulés montés sur colonnes pour transmettre des messages par signes ; elle utilise également les ballons d'observation et réfléchit sur les fusées ; l'artillerie bénéficie des travaux de trigonométrie, en particulier ceux de Chasles ou de Laplace ; elle utilise des poudres de mieux en mieux maîtrisées grâce à l'ensemble des chimistes qui gravitent autour de Napoléon Ier ; elle bénéficie enfin de cet ensemble de savants qui gravitent à l'École polytechnique, qui est encore aujourd'hui une école militaire, création du Directoire largement utilisée par Bonaparte.

Cette armée devient, après le couronnement impérial du 2 décembre 1804, la Grande Armée, c'est-à-dire une armée qui incorpore au fur et à mesure les conscrits de l'ensemble des territoires absorbés par la grande nation française. C'est une armée de conscription ; ce n'est donc plus, par définition, une armée de volontaires, ce qui pose la question de la discipline dans des termes nouveaux. En effet, l'armée de l'Ancien Régime était une armée de professionnels, de soldats soldés. Les soldats de l'an II sont, pour beaucoup d'entre eux, des soldats volontaires et le refus de la levée en masse de 1793 est d'ailleurs le facteur déclencheur des guerres de Vendée. En revanche, à partir de 1795, très régulièrement, on a recours à des conscriptions de plus en plus massives qui privent la population de classes d'âges entières et posent un problème dans le renouvellement de la force de travail. Un autre problème est la question de l'imposition de la discipline à ces soldats. Elle se fait de plusieurs façons : d'abord, bien sûr, la violence ; ensuite, la conviction.

L'idée que l'armée est un creuset national est une idée dont Napoléon Bonaparte a tout à fait conscience ; les *Bulletins de la Grande Armée* en témoignent. Si les phénomènes de désertion sont plus fréquents à partir de 1808-1809, ils peuvent être autant attribués aux défaites qui commencent à poindre qu'à un refus fondamental de l'incorporation dans la nation française ou dans son armée.

Cette Grande Armée a, jusqu'en 1811, plutôt accumulé les victoires. Il n'y a guère que cela jusqu'à la campagne de Russie, même si un certain nombre de batailles comme celle d'Eylau ont pu apparaître comme ayant un bilan mitigé. Ces victoires sont le résultat d'une intelligence tactique exceptionnelle de Bonaparte, qui la combine avec une intelligence stratégique tout aussi remarquable qui mise notamment sur sa compétence en matière de rapidité et d'habileté de déplacement des troupes. La Grande Armée est l'une des marques de fabrique de la tactique napoléonienne. Elle est magnifiée par des cérémonies grandioses comme la remise des aigles, déjà évoquée, et par des héros emblématiques comme les « Grognards », ces soldats de la Garde impériale de Napoléon, bourrus et fidèles jusqu'à la mort.

Cette Grande Armée impose donc l'autorité française jusqu'aux confins de la Russie entre 1799 et 1812, au moment où se déploie l'épisode du désastre russe.

2 – L'Europe napoléonienne

L'Europe napoléonienne s'organise avec le noyau français constitué par les 130 départements jusqu'en 1812. Autour, de manière concentrique, se déploient les principautés allemandes, le Grand-duché de Varsovie, un certain nombre de royaumes périphériques comme la Suède ou l'Espagne confiés à des proches de Napoléon, puis, dans un troisième cercle, un certain nombre de territoires avec lesquels des traités d'alliance ont été signés entre 1801 et 1808 et dont la durée est très brève, mais qui n'en sont pas moins fort cohérents quant à la vision qu'a Napoléon de l'Europe. Il a signé des traités avec à peu près tous ceux auxquels il doit sa chute : les Russes, les Prussiens, les Autrichiens, les Italiens. Il n'y a guère qu'avec les Anglais qu'il reste constamment en guerre.

L'Europe napoléonienne souffre en effet d'un profond traumatisme anglais. Les Anglais sont en guerre contre la France depuis 1793, de façon continue, entêtée, déterminée et efficace. Naturellement, c'est sur mer qu'ils conduisent leurs armées, éliminant, cela est bien illustré dans le célèbre film de Peter Weir, *Master and Commander*, les Français des océans ; parvenant à s'imposer, à Aboukir par exemple, contre une flotte française incapable de résister malgré l'inspiration de l'héroïsme légendaire du *Vengeur du peuple* durant la Révolution.

Cette Angleterre, non contente de maîtriser les mers, arrose d'un argent dont elle bénéficie grâce en particulier aux colonies l'ensemble des alliés qui s'organisent contre la France. Par ailleurs, elle peut même envoyer des troupes directement sur le continent lorsque se précipite la chute de l'Aigle entre 1812 et 1815.

3 – La chute et la mémoire

On rappelle que cette chute a lieu en deux temps successifs. D'abord les conséquences de la campagne de Russie entre 1812 et 1814, marquée par le désastre de Moscou incendié volontairement pour couper les vivres aux Français, puis par le désastre de la Bérézina, une retraite au cours de laquelle un régiment entier de pontonniers se sacrifie pour que les débris de la Grande Armée puissent revenir vers l'Ouest. Cette campagne de Russie aboutit à une contre-offensive efficace des armées coalisées et contraint Napoléon à abdiquer. Un Bourbon, Louis, ci-devant de Provence et maintenant Louis XVIII, le frère de Louis XVI, est réinstallé sur le trône de France, appelé par le Sénat le 6 avril 1814. Il promet le 2 mai une monarchie constitutionnelle par la déclaration de Saint-Ouen ; le 30 mai, le traité de Paris ramène la France à ses frontières de 1792 et la Charte est finalement octroyée le 4 juin. Louis XVIII et les alliés ne peuvent ainsi qu'entériner une partie considérable des acquis de la Révolution et de l'Empire qu'ils ont tant combattus.

Les vainqueurs se réunissent à partir du 1er novembre 1814 à Vienne pour réorganiser une Europe que la Révolution et l'Empire ont entièrement transformée. Le congrès est dominé par la personnalité de Metternich, le chancelier autrichien, et de Wellington pour l'Angleterre. Talleyrand, qui y représente la France de Louis XVIII, parvient cependant, en s'alliant les petits États, à préserver l'essentiel : la Flandre, l'Alsace, le Comtat Venaissin sont conservés. Thierry Lentz a récemment montré comment s'était réorganisée une Europe monarchique traditionnelle où les acquis importés par la Révolution et l'Empire en matière de droits politiques et de reconnaissance des nations sont balayés. Quand le Congrès s'achève, le 9 juin 1815, c'est dans une incertitude nouvelle : l'Empereur est revenu.

L'empereur déchu a été envoyé sur l'île d'Elbe en avril 1814 ; île d'Elbe dont il accepte la principauté et qu'il administre remarquablement tout en préparant son retour en 1815. C'est l'épisode fameux des Cent-Jours, du 1er mars au 22 juin, au cours duquel, d'une part, il renvoie de nouveau Louis XVIII en émigration et, d'autre part, il tente de restaurer un Empire dans lequel l'incorporation des anciens opposants se fait sur la base d'une certaine libéralisation du régime.

Son retour, le « Vol de l'Aigle », suscite un enthousiasme populaire considérable qui laisse le pouvoir de la Restauration dans l'impuissance et qui témoigne que l'idée d'une légitimité fondée sur le suffrage universel, l'idée de l'attachement de la population française à Napoléon, n'était pas seulement partagée par le seul Napoléon, mais était bien réelle. En effet, pour défendre la nation attaquée de nouveau par la coalition européenne, de très nombreux volontaires se lèvent et l'armée que Napoléon conduit à Waterloo est tout sauf une armée de bras cassés, sans enthousiasme et sans courage.

De fait, la défaite de Waterloo, le 18 juin – comme quoi les connexions entre bonapartisme et gaullisme sont étonnantes –, sonne le glas de cette expérience impériale et fait entrer Napoléon dans la légende fondatrice de la France, en même temps que dans les flancs du *HMS Bellerophon*, première étape vers Sainte-Hélène. Il alimente les chansons de Béranger, il alimente les images d'Épinal, il alimente la mémoire de Victor Hugo ; il a fondé pour notre nation des institutions dont aujourd'hui encore nous pouvons pleinement profiter, qu'il s'agisse des lycées, de l'administration des départements, ou, probablement, d'une certaine idée de la grandeur de la France.

Un siècle de révolutions sombrement éclairées

1715-1815 : telles seraient donc les bornes d'un grand XVIIIe siècle.

Le cadre géographique est stabilisé. Les frontières linéaires englobent des populations qui, dans leur immense majorité et malgré leurs différences, se sentent effectivement françaises : les annexions brutales de Napoléon Bonaparte (l'Italie, la rive gauche du Rhin, une partie de la Suisse) ont été perdues, mais l'Alsace, Avignon, le pays de Montbéliard et la Flandre ont choisi la France et sont reconnus par toute l'Europe comme des terres françaises. À l'intérieur de ces frontières, les découpages issus de la Révolution et les cadres administratifs, économiques et sociaux issus du Consulat et de l'Empire sont également entérinés par la Restauration qui ne songe à supprimer ni les départements, ni les préfets.

Le sentiment partagé dans ces cadres territoriaux d'appartenance à une nation n'a pas fait disparaître les traditions des terroirs : Eugen Weber a admirablement montré comment leur affaiblissement avait été l'œuvre de longue haleine du XIXe siècle, avec l'armée, l'école, le chemin de fer et la République. En revanche, ce sentiment se nourrit non seulement des souvenirs de la fidélité à la Couronne – Louis XVIII et Charles X tentent de les raviver –, mais aussi des souvenirs de ce quart de siècle exceptionnel au cours duquel ont été balayés les fondements de la monarchie absolue de droit divin, au cours duquel la société d'ordres a achevé de s'effondrer, au cours duquel enfin ont été posés les fondements économiques, politiques et sociaux d'une France nouvelle. Les Français n'oublient pas le suffrage auquel ils ont été habitués régulièrement depuis 1790. Ils ne peuvent plus accepter – même les « ultras » doivent s'y résigner – l'idée du « sang bleu » qui sépare les nobles du reste de la population ; ils ne peuvent plus imaginer payer des impôts pour le clergé ou au nom de coutumes féodales que la nuit du 4 août, les brasiers de la Grande Peur et les émeutes de 1792 ont définitivement enterrées.

Cette stabilisation nouvelle de la société française n'abolit pas d'anciens clivages économiques, sociaux ou culturels. Toutefois, désormais, leur transgression n'est plus seulement concevable : elle est légitime et même, pour une part de plus en plus importante de l'opinion publique, reconnue comme un témoignage de qualité. Les espoirs des hommes des Lumières ont été partagés de plus en plus largement par une opinion publique de plus en plus large, de plus en plus diverse, de mieux en mieux informée et ces espoirs sont pour partie devenus réalité définitive dans les convulsions de la Révolution et de l'Empire. Ce partage croissant d'espoirs de liberté, de progrès et de bonheur – cette « idée neuve en Europe », selon le célèbre mot de Saint-Just – a été rendu possible par une longue croissance, une sécurité alimentaire et économique de longue durée qui a engendré cette richesse fondamentale qu'est la richesse d'hommes. Le dernier quart de ce siècle voit l'arrêt, brutalisé en particulier par les guerres impériales, de la croissance démographique combiné avec des tensions économiques réelles ; ces tensions accentuent l'urgence des mutations économiques et la demande sociale d'un État plus égal.

La Révolution et l'Empire ont été une période d'expérimentations parfois tragiques de solutions pour répondre à cette demande. Des acteurs nouveaux se sont imposés, défenseurs des plus pauvres, combattants du libéralisme, conservateurs héroïques des valeurs ancestrales ; les espaces de l'initiative politique se sont élargis aux villages, aux districts, aux sociétés populaires, sans que cet élargissement ne se transforme en uniformisation. Parfois, les tentatives ont été vaines et la réaction terrible – pour les femmes, pour les esclaves, pour les pauvres ; souvent, elles ont été assez efficaces pour s'imposer sur la longue durée, comme l'égalité devant l'impôt, la reconnaissance des Droits de l'homme et la légitimation du pouvoir par le suffrage.

L'accomplissement contradictoire des espoirs des Lumières par les combats révolutionnaires, telle est l'unité de ce siècle.

Chronologie

1715-1774 : Règne de Louis XV.

1715-1722 : Minorité de Louis XV et régence de Philippe d'Orléans. « Polysynodie » (1715-1718).

1716-1720 : Banqueroute et émeutes (mai-juillet 1720).

1722 : Dubois, principal ministre. Sacre de Louis XV (25 octobre).

1724 : Fleury principal ministre.

1724-1727 : Fortes tensions avec l'Espagne et alliance avec l'Angleterre, la Prusse et les Provinces-Unies.

1725 : Renvoi de l'infante d'Espagne et mariage de Louis XV avec Marie Leszczyńska.

1730 : Marivaux fait jouer *Le Jeu de l'amour et du hasard.*

1733-1738 : Guerre de succession de Pologne ; Stanislas Leszczyński, roi déchu de Pologne, devient duc de Lorraine (paix de Vienne).

1743-1748 : Guerre de succession d'Autriche contre l'Angleterre et l'Autriche. Traité d'Aix-la-Chapelle.

1747 : Trudaine crée l'École des ponts et chaussées. Voltaire, *Zadig.*

1748 : Montesquieu, *De l'esprit des Lois.*

1751 : première livraison de l'*Encyclopédie.*

1756-1763 : Guerre de Sept Ans conclue par le Traité de Paris.

1757 : Attentat de Pierre Damiens contre le Roi.

1758-1770 : Ministère Choiseul. « Affaires de Bretagne ».

1759 : Fondation de la manufacture textile de Jouy-en-Josas par Oberkampf.

1762 : Rousseau, *Le Contrat social.*

1766 : Mort de Stanislas Leszczynski ; la Lorraine est rattachée à la France.

1768 : Achat de la Corse aux Génois.

1769 : Liberté du commerce dans les Indes orientales.

1770 : Mariage du dauphin Louis et de Marie-Antoinette d'Autriche. Réapparition d'une disette.

1774 : Mort de Louis XV (10 mai) ; Turgot, contrôleur général des finances. Réformes libérales en économie et rétablissement du rôle des parlements.

1774-1792 : Règne de Louis XVI, roi de France (jusqu'en 1791) puis des Français (1791-1792).

1776-1783 : Participation à la guerre d'indépendance des États-Unis, conclue au traité de Versailles.

1775-1776 : Cherté des blés et « guerre des farines ». Turgot renvoyé (12 mai 1776).

1777-1781 : Necker, contrôleur général des Finances, démissionne après la publication de son « Compte rendu » dénonçant les dépenses inutiles.

1779 : Suppression du servage dans les domaines royaux.

1782 : Laclos, *Les Liaisons dangereuses.*

1783-1787 : Échec de Calonne à réformer les finances.

1784 : Beaumarchais, *Le Mariage de Figaro.*

1787 : Assemblées de Provinces réunissant les trois ordres. Édit « de tolérance » instituant un état civil pour les non-catholiques.

1788 : Révolte des parlements ; rappel de Necker ; annonce de la réunion des états généraux.

1789 : Rédaction des cahiers de doléances et élections des députés. Ouverture des états généraux (5 mai). Serment du jeu de Paume (20 juin). Reconnaissance par Louis XVI de l'Assemblée nationale constituante

(9 juillet). Prise de la Bastille (14 juillet). Grande Peur et abolition des privilèges féodaux (4 août). Déclaration des droits de l'homme et du citoyen (26 août). Retour du roi à Paris (5-6 octobre), don des biens du clergé à la nation (2 novembre), création des départements (14-22 décembre).

1790 : Création de l'assignat ; Constitution civile du clergé ; Fête de la Fédération (14 juillet). Avignon réunie à la France.

1791 : Lois libérales d'Allarde et Le Chapelier (mars et juin) ; fuite à Varennes (20-26 juin). Massacre du Champ de Mars. Adoption de la Constitution (13-14 septembre). Ouverture de la Législative (1er octobre). Troubles coloniaux à Saint-Domingue.

1792 : Déclaration de guerre (20 avril) au « roi de Bohême et de Hongrie ». « La Patrie en Danger » (11 juillet). Prise des Tuileries et chute de la monarchie (10 août). Massacres de Septembre (2-6 septembre). Victoire de Valmy (20 septembre). Réunion de la Convention (21 septembre). Proclamation de la République (22 septembre). Victoires françaises (Jemmapes).

1793 : Exécution de Louis Capet, ci-devant Louis XVI (21 janvier). Tribunal révolutionnaire, Comité de surveillance et Comité de salut public créés par la convention « girondine » ; proscription des Girondins (31 mai-2 juin). Révoltes (Vendée, Bordeaux, Caen, Lyon). Adoption de la Constitution de 1793 (jamais appliquée) ; assassinat de Marat (13 juillet) ; Robespierre au Comité de salut public ; lois sur les suspects et début de la Terreur (septembre). Nombreuses mesures en faveur des pauvres. Tensions entre « Montagnards », « Enragés » et « Indulgents » après l'exécution des Girondins (octobre).

1794 : Abolition de l'esclavage dans les Colonies. Victoires sur les coalisés (Fleurus). Grande Terreur (juin-juillet) ; exécution de Robespierre (27 juillet). Fin de la Terreur et fermeture du club des Jacobins.

1795 : Fin de la guerre de Vendée. Terreur blanche. Constitution de l'an III (22 août) ; début du Directoire (27 octobre). Paix avec la République batave.

1796 : Fin de la Chouannerie. Conspiration des Égaux et exécution de Babeuf. Campagne d'Italie de Bonaparte.

1797 : Républiques sœurs en Italie. Bonaparte intervient contre les royalistes.

1798 : Campagne d'Égypte. Création des impôts (foncier, mobilier, patente, portes et fenêtres).

1799 : Coup d'État de Bonaparte (9-10 novembre).

1799-1804 : Consulat. Préfets, Banque de France, (1800), Lycées, Légion d'Honneur (1802), Franc Germinal (1803), Code civil (1804). Offensives (Italie, Bavière, Prusse). Paix (Lunéville, Amiens).

1804-1815 : Premier Empire (couronnement le 2 décembre). Université impériale (1806). Mariage de Napoléon Ier et Marie-Louise d'Autriche (1810). Austerlitz (2 décembre 1805). Soulèvement contre la France en Espagne (mai 1808). Campagne et retraite de Russie (1812). Déchéance de Napoléon (2-6 avril 1814) ; retour de Louis XVIII. Cent-Jours (1er mars-22 juin 1815) et Waterloo (18 juin).

Cartes

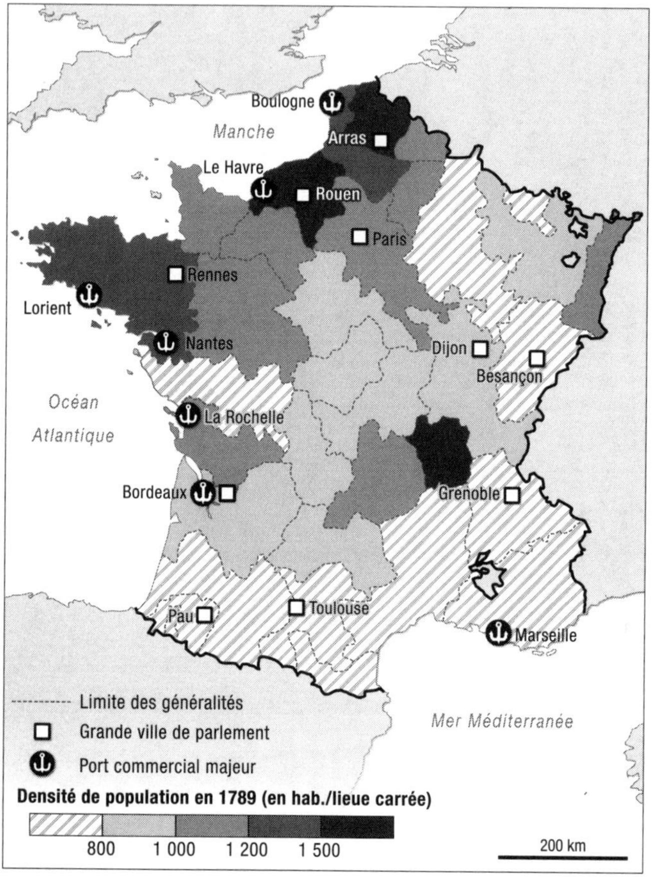

Les généralités à la fin du XVIIIe siècle

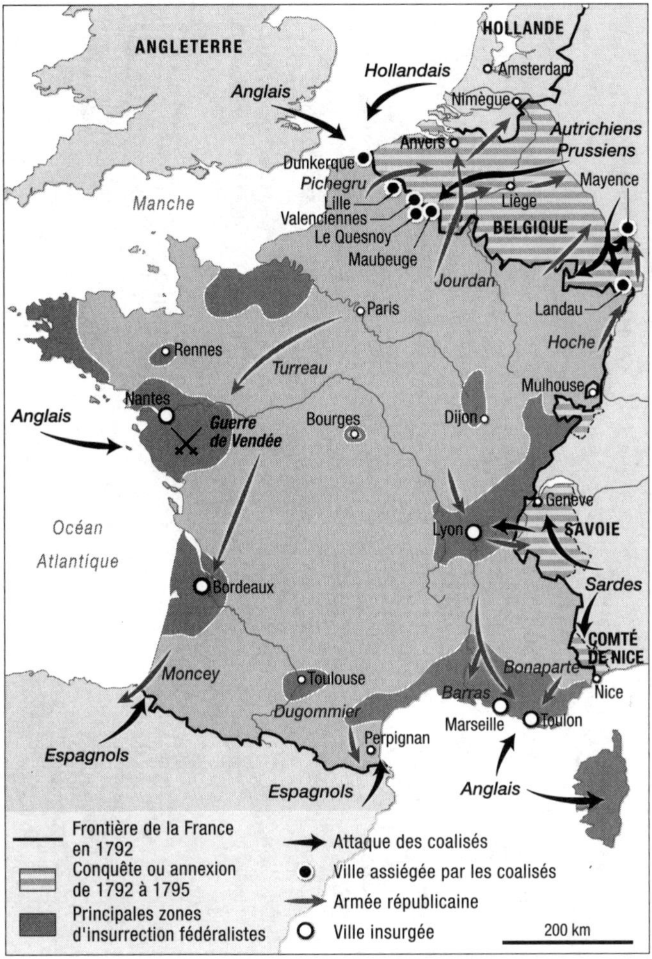

La France sous la Convention (1792-1795)

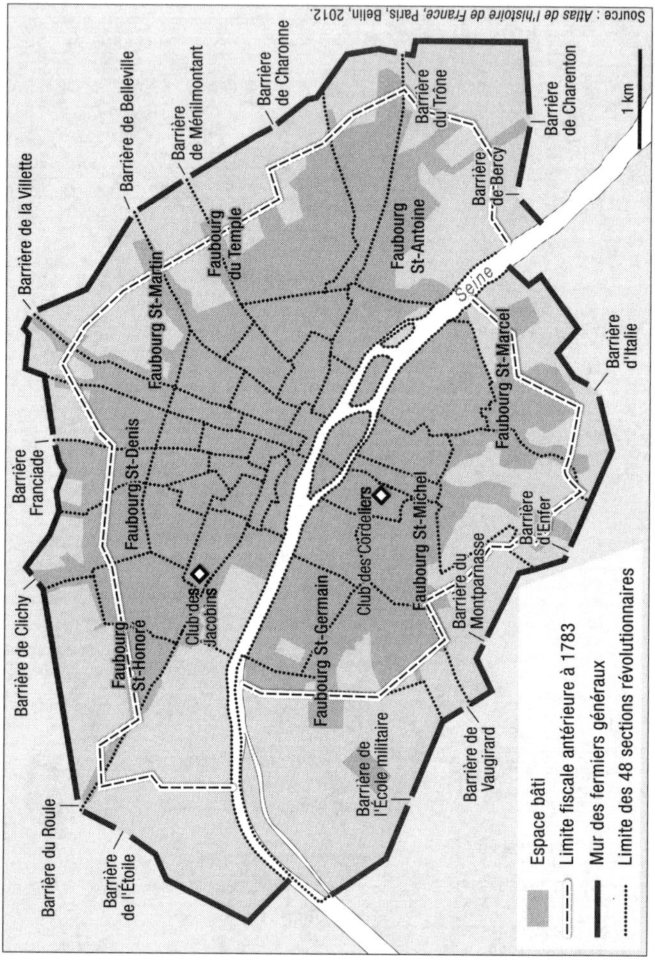

Paris sous la Révolution

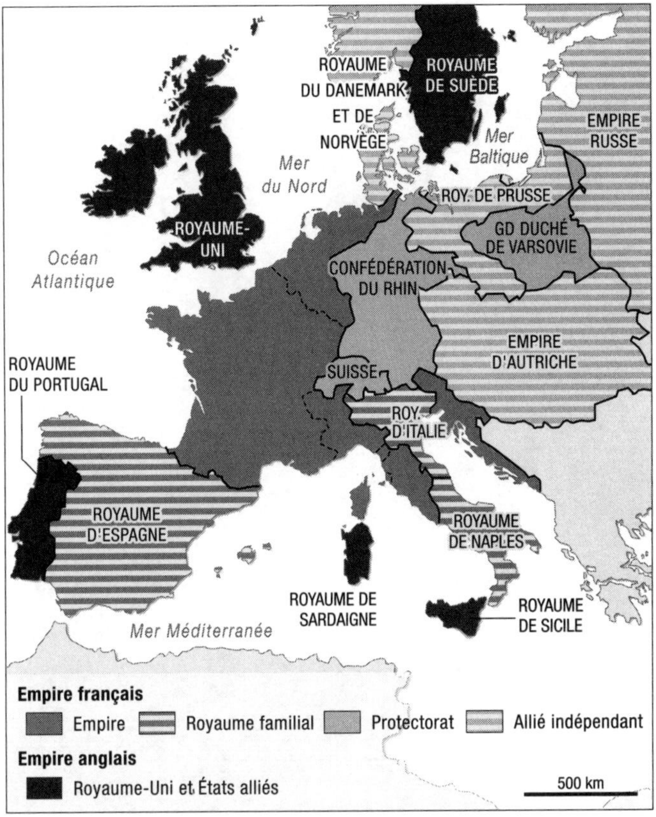

L'empire napoléonien en 1811

Index

Bibliographie succincte

Michel Antoine, *Louis XV*, Paris, Fayard, 1989.

Jacques-Olivier Boudon, *L'Époque de Bonaparte*, Paris, Puf, 2010.

Michel Biard, Pascal Dupuy, *La Révolution française, dynamiques, influences, débats*, Paris, A. Colin, 2005.

Joël Cornette, *L'Absolutisme et les Lumières*, Paris, Hachette, 2000.

Olivier Chaline, *Le XVIII*e *siècle*, Paris, Belin, 1996.

Roger Chartier, *Les Origines culturelles de la Révolution française*, Paris, Le Seuil, 1990.

Robert Darnton, *La Fin des Lumières : le mesmérisme et la Révolution*, Paris, Laffont, 1984.

Michel Delon (dir.), *Dictionnaire européen des Lumières*, Paris, Puf, 1997.

Annie Duprat, *Les Rois de papier. La caricature de Henri III à Louis XVI*, Paris, Belin, 2002.

François Furet, Mona Ozouf, *Dictionnaire critique de la Révolution française*, Paris, Flammarion, 1988.

Jacques Godechot, *La Grande Nation. L'expansion révolutionnaire de la France dans le monde de 1789 à 1799*, Paris, Aubier, 2004.

Éric J. Hobsbawm, *Aux armes, historiens. Deux siècles d'histoire de la Révolution française*, Paris, La Découverte 2007.

Jean-Pierre Jessenne, *Révolution et Empire*, Paris, Hachette, 2005.

George Lefebvre, *La Grande Peur de 1789*, Paris, A. Colin, 1988 (1932).

Hervé Leuwers, *La Révolution française et l'Empire*, Paris, Puf, 2011.

Jean-Clément Martin, *Violence et Révolution. Essai sur la naissance d'un mythe national*, Paris, Le Seuil, 2006.

Jean-Clément MARTIN, *Nouvelle histoire de la Révolution française*, Paris, Perrin, 2012.
Nathalie PETITEAU, *Napoléon, de la mythologie à l'histoire*, Paris, Le Seuil, 1999.
Daniel ROCHE, *La France des Lumières*, Paris, Fayard, 1993.
Albert SOBOUL (dir.), *Dictionnaire historique de la Révolution française*, Paris, Puf, 2004.
Donald M. G. SUTHERLAND, *Révolution et contre-révolution en France 1789-1815*, Paris, Le Seuil, 1991.
Timothy TACKETT, *La Révolution, l'Église, la France*, Paris, Cerf, 1986.
Jean TULARD (dir.), *Dictionnaire Napoléon*, Paris, Fayard, 1989.
Michel VOVELLE, *La Mentalité révolutionnaire : sociétés et mentalités sous la Révolution française*, Paris, Éd. Sociales, 1986.
Michel VOVELLE, *La Révolution française*, Paris, A. Colin, 2002.

Remerciements

Claude Colombani et Claude Gauvard m'ont donné la chance de pouvoir proposer cette synthèse : leur confiance est un honneur. Thomas Evariste a été un relecteur remarquablement attentif et pertinent. Enfin et surtout, ma gratitude reste infinie envers Michel Prigent, l'initiateur très regretté de ce si beau projet d'histoire personnelle, que je qualifierais, juste parce qu'il aurait, je crois, apprécié, de révolutionnaire.

Table des matières

Dans la même collection

– Bruno Dumézil, *Des Gaulois aux Carolingiens, Ier-IXe siècle*
– Claude Gauvard, *Le Temps des Capétiens, Xe-XIVe siècle*
– Claude Gauvard, *Le Temps des Valois, 1328-1515*
– Jean-Marie Le Gall, *L'Ancien Régime, XVIe-XVIIe siècles*

La série *Une histoire personnelle de la France* est le fruit d'une collaboration éditoriale entre La Librairie sonore Frémeaux & Associés et les Presses Universitaires de France. Une version de cet ouvrage est disponible en un coffret de 4 CD audio sous le titre :

Histoire de France
La France des lumières et des révolutions,
Un cours particulier d'Olivier Coquard
(réf. FA5504)

Tous renseignements sur *www.fremeaux.com*

Mis en pages et imprimé en France
par JOUVE
1, rue du Docteur Sauvé, 53100 Mayenne
décembre 2013 - N° 2139155C

JOUVE est titulaire du label imprim'vert®